wer nicht kämpft, hat schon verloren

Martina Amann

Wer nicht kämpft, hat schon verloren

Meine Geschichte

Mit einem Nachwort von Dr. Astrid K. Gnekow

aare by sauerländer

Berücksichtigt neue Rechtschreibregeln

Martina Amann
Wer nicht kämpft, hat schon verloren

Nachwort von Dr. Astrid K. Gnekow
Umschlag: Kerstin Schürmann, Hamburg

2. Auflage 2000

Printed in Germany

ISBN 3-7941-4711-1

Die Deutsche Bibliothek – CIP-Einheitsaufnahme

Amann, Martina:
Wer nicht kämpft, hat schon verloren : Meine Geschichte / Martina Amann. –
2. Aufl. – Aarau ; Frankfurt am Main : Sauerländer, 2000
ISBN 3-7941-4711-1

Wer kämpft, kann verlieren.

Wer nicht kämpft,
hat schon verloren.

Inhalt

Vorwort

Ich wollte dieses Buch schon lange schreiben, aber ich konnte mich nie so recht überwinden, damit anzufangen. Dann habe ich es einfach versucht, Schritt für Schritt, und nun ist der Zeitpunkt gekommen, wo all meine Erlebnisse, meine Tagebucheinträge und viele meiner Briefe, die ich während meiner Behandlung bekam und schrieb, zu einem sinnvollen Ganzen verarbeitet sind.

Anfangs war es manchmal schwer, mich wieder mit dem einen oder anderen schmerzhaften Erlebnis auseinander zu setzen oder mit Situationen, von denen ich wollte, dass sie niemals jemand erfährt, weil sie mir furchtbar peinlich waren. Zu Beginn, während ich das hier alles aufschrieb, war es komisch zu wissen, dass das vielleicht irgendwelche mir fremden Menschen irgendwann lesen würden. Doch ich bin froh, dass ich über meinen Schatten gesprungen bin. Selbst wenn die Erlebnisse aus der Vergangenheit plötzlich wieder so nah da waren, tat es gut, mir alle Ereignisse, die mich in den ganzen Jahren bedrückt, gequält, aber auch gefreut haben, von der Seele zu schreiben. Jetzt, wo ich alles in diesem Buch festgehalten habe, fällt es mir leichter, es zu vergessen. Es ist, als wäre eine Last von mir gefallen. Dieses Lebenskapitel ist nun abgehakt, Vergangenheit, wenn es auch immer ein Teil von mir bleiben wird. Doch hier in diesem Buch geht nichts davon verloren, auch nichts von den schönen Erlebnissen, die es durchaus während der Behandlung gab – obwohl sie deutlich in der Minderheit waren.

Aber ich habe all dies nicht nur aufgeschrieben, um es mir von der Seele zu schreiben, sondern auch, um anderen Menschen klarzumachen, was sich wirklich hinter Krebs bzw. Leukämie verbirgt und wie man sich mit so einer Krankheit fühlt. Vieles lässt sich einfacher schreiben, als dass man darüber sprechen könnte.
Vielleicht werden mit diesem Buch Fragen beantwortet, die nie jemand zu stellen wagte oder die den einen oder anderen schon immer interessiert haben. Und nicht zuletzt erfahren auch die Menschen, die mich kennen, von meinen Gefühlen während der Behandlung.

Natürlich soll dieses Buch auch dazu dienen, anderen Krebspatienten Mut zu machen und ihnen zu zeigen, dass es durchaus möglich ist, einen Rückfall zu überleben. Ich will allen Schwerkranken, vor allem Krebspatienten zeigen, dass es sich lohnt, nicht aufzugeben. Ich musste auch erst lernen, dass man sich niemals selbst aufgeben darf. Wir sind in der Lage, uns selbst zu helfen und erheblich zu unserer Heilung beizutragen. »***WER KÄMPFT, KANN VERLIEREN. WER NICHT KÄMPFT, HAT SCHON VERLOREN.***« Das ist mein Lebensmotto.

Seit dem 21. April 1988, dem Tag meiner Diagnose auf Leukämie, sind jetzt schon über zehn Jahre vergangen. Genau fünf Jahre und fünf Monate nach diesem Tag wurde ein Rückfall festgestellt. Obwohl ich jetzt schon fast wieder fünf Jahre in Remission, d.h. krebsfrei bin, kommt schon noch das eine oder andere Mal der Gedanke an einen weiteren Rückfall auf. Es ist zwar nun schon sehr viel Zeit vergangen, aber nach meiner Ersterkrankung war das ja auch so und offensichtlich konnten trotzdem Leukämiezellen in mir überleben. Ich will damit niemandem Angst machen und am wenigsten mir selbst. Man sollte aber dennoch immer auf alles gefasst sein, desto weniger schwer trifft es einen, wenn es wirklich eintritt. Obwohl mich dieser Gedanke auch beunruhigt, lässt er sich gar nicht immer verdrängen. Manchmal, ganz selten, wenn es mir mal nicht so gut geht, kommt noch ein kleines bisschen Angst in mir hoch und ich grübele dann über seltsame Dinge nach und versuche mir vorzustellen, was wäre, wenn ich wieder Leukämie hätte.

Meistens ist es aber doch mein Verstand, der in solchen Situationen siegt und mir sagt, dass es keine so großen Zufälle gibt und dass ich nicht noch ein weiteres Mal nach so einer langen Zeit einen Rückfall bekommen werde. Das wäre dann, als hätte ich zum dritten Mal einen Sechser im Lotto gehabt, im negativen Sinne, versteht sich.

Dieses Buch ist in zwei große Teile untergliedert. Der erste, deutlich kleinere erzählt von meiner Ersterkrankung an Leukämie und der zweite und umfangreichere Teil handelt von meinem Rückfall und der Zeit danach. Die Namen in diesem Buch sind mit Ausnahme meiner engsten Familienangehörigen aus Gründen des Personenschutzes geändert.

Ersterkrankung

Erste Anzeichen

Ich war sechs Jahre alt und mein erster Schultag rückte näher. Ich fieberte diesem Tag entgegen und konnte vor Aufregung nicht schlafen. Natürlich schlief ich dann doch irgendwann ein. Als mich meine Mutter am nächsten Morgen aufweckte, war ich nicht weniger aufgeregt als am Abend zuvor. Nachdem ich mich schließlich fertig gemacht und gegessen hatte, war es so weit und mit Schultüte und Ranzen marschierte ich in die Schule.
In der Schule war alles ganz toll, zumindest damals noch. Es machte mir Spaß, O's zu schreiben, mit Zahlen zu rechnen und Figuren auszumalen. Es war schön, andere, neue Kinder kennen zu lernen und nachmittags draußen herumzutollen. Ich führte ein glückliches Leben, unbeschwert wie jedes andere normale Kind.
Doch dann – es war Mitte/Ende Februar – kamen plötzlich diese schrecklichen Rückenschmerzen. Als ich eines Tages auf dem Hügel, der nicht weit von unserem Haus entfernt ist, zum Rodeln ging und über eine kleine Schanze fuhr, traf mich ein stechender Schmerz im Rücken. Regungslos blieb ich liegen. Ich konnte nicht einmal mehr aufstehen und deshalb brachten mich meine Mutter und meine Freundin Regina auf dem Schlitten liegend nach Hause. Da der Aufprall von der

kleinen Schanze in den harten vereisten Schnee ziemlich heftig gewesen war, dachten wir, die Schmerzen würden sicher nur davon kommen. Doch in der nächsten Zeit fühlte ich mich oft gar nicht so gut. Ich war immer müde und sobald ich etwas weiter gelaufen war, taten mir meine Füße weh. Außerdem war ich ständig blass, aber da ich noch nie besonders rote Pausbacken gehabt hatte, schien das nicht allzu sehr aufzufallen.

Als ich aber ein paar Wochen später beim Rollschuhlaufen draußen auf der Straße erneut stürzte, kamen wieder diese schrecklichen Rückenschmerzen. Da die Schmerzen diesmal auch nicht mehr weg gingen, suchten wir unseren Hausarzt auf. Er verschrieb mir eine Salbe, die aber nicht im Geringsten half. Also gingen wir ein weiteres Mal zu unserem Hausarzt und der überwies mich nun zu einem Orthopäden, der mich röntgte und feststellte, dass mit einem meiner Lendenwirbel etwas nicht in Ordnung war. Er schickte uns wieder zu unserem Hausarzt zurück und empfahl uns dort dringend ein Blutbild machen zu lassen. So kam es, dass wir dann zum dritten Mal in der Arztpraxis saßen und mir Blut abgenommen wurde. Gespannt beobachtete ich die Sprechstundenhilfe, wie sie einige Dinge vorbereitete. Schließlich stach sie mir mit so einer komischen Nadel ins Ohrläppchen und ließ das Blut in ein kleines seltsames Röhrchen tropfen.

Wir mussten bis zum Abend warten, bis mein Blut fertig untersucht war. Als meine Mutter sich am Abend nach dem Ergebnis erkundigte, teilte ihr der Arzt mit, dass es nicht gut sei. Er überwies uns weiter in eine Klinik und sagte zu meiner Mutter, dass es sich vielleicht um eine rheumatische Erkrankung handeln könnte. Das Ergebnis dieser Blutuntersuchung muss ziemlich eindeutig gewesen sein, doch der Arzt sagte nichts darüber. Wahrscheinlich war er sich doch nicht sicher, denn schließlich kam nicht alle Tage ein Patient in seine Praxis, der Leukämie hatte.

Kliniken

Obwohl es schon lange her ist, kann ich mich noch genau an diesen Tag erinnern. Wir fuhren schon ziemlich früh los, da sich meine Mutter auf der Strecke nicht auskannte. Ich nahm meine neue Thermoskanne mit, die ich eigentlich für die Schule bekommen hatte. Ich wollte sie unbedingt gleich ausprobieren. Hinten im Auto kuschelte ich mich in eine Decke, die ich mitgenommen hatte, und machte es mir mit Keksen und meinem Tee gemütlich.
Während der Fahrt wurde mir dann furchtbar schlecht, sodass wir sogar anhalten mussten. Weiß wie eine Wand stand ich am Straßenrand und würgte, bis ich mich schließlich übergeben musste. Ich war wirklich froh, als wir endlich an der Klinik ankamen und ich nicht länger im Auto sitzen musste. Nachdem meine Mutter mich angemeldet hatte, wurden wir erst mal in einen Warteraum geschickt. Dort traf uns beinahe der Schlag: Das ganze Zimmer quoll über vor Menschen. Wenn die noch alle vor mir drankommen sollten, konnten wir wohl mit ein paar Stunden Wartezeit rechnen.

Und so war es auch. Schließlich wurde ich irgendwann aufgerufen und in ein Arztzimmer geführt, wo mir Blut abgenommen wurde. Dieses Mal nicht aus dem Ohrläppchen, sondern aus einer Vene am Arm. Der Arzt hatte jetzt sogar eine richtige Spritze, mit der er das Blut abnahm. Es tat nun auch viel mehr weh als das letzte Mal bei unserem Hausarzt und ich fragte mich, was die mit so viel Blut von mir machen wollten. Zum Schluss wurde ich von dem Arzt untersucht und dann wieder ins Wartezimmer geschickt, wo wir eine Weile saßen. Zwischendurch wurde ich noch zweimal zum Röntgen geschickt. In der Zwischenzeit wurde ich mal hier und mal da aufgerufen, bis wir schließlich nur noch so rumsaßen und glaubten, man hätte uns vergessen.

Mir wurde schlecht vor Hunger, da ich zuletzt in der Früh etwas gegessen hatte. Meiner Mutter war auch nicht mehr ganz wohl von der stickigen Luft in der Klinik. Da sie ebenfalls Hunger hatte, fragte sie mich, ob sie kurz zum Auto gehen könne, um das Essen zu holen, das wir mitgenommen hatten. Ich wollte zuerst nicht alleine warten, doch dann siegte das Hungergefühl in meinem Magen. Ich ließ meine Mutter also zum Auto gehen und hoffte die ganze Zeit, dass ich währenddessen nicht drankommen würde.
Glücklicherweise kam meine Mutter bald wieder. Sie brachte meine Thermoskanne und die Wurstsemmeln, die wir in der Früh gekauft hatten. Der Tee war inzwischen kalt und die Semmeln weich, aber ich aß und trank trotzdem, weil ich vor Hunger und Durst schon völlig ausgelaugt war.
Kurze Zeit später wurde ich erneut aufgerufen, in das Sprechzimmer des Arztes zu kommen. Er untersuchte mich noch einmal und mir wurde schon wieder Blut abgenommen. Ich fragte mich, wozu das denn alles gut sein sollte. Wir wurden wieder in den Warteraum geschickt, aber auf meinen ungeduldigen Blick hin sagte der Arzt, dass es jetzt nicht mehr lange dauern würde. Da wir schon den ganzen Tag nur mit Warten und dem Herumrennen von einer Untersuchung zur anderen verbracht hatten, hielten wir schließlich auch noch die letzten zehn Minuten aus, die wir auf mein Blutbild warten mussten. Schließlich wurde ich zum x-ten Mal an diesem Tag aufgerufen. Wir betraten das Sprechzimmer und der Arzt teilte uns mit, dass ich in die Kinderklinik der nächstgrößeren

Stadt müsste und dass sie mich dort weiter untersuchen würden. Die Ärzte in der Klinik waren sich wohl schon ziemlich sicher, dass ich Leukämie hatte. Nur wir wussten es nicht. Anhand meines Blutbildes konnte man eine relativ eindeutige Diagnose stellen.
Wir machten uns also auf den Weg, das Krankenhaus zu suchen, und da meine Mutter keine Ahnung hatte, wie wir mit dem Auto zu der Kinderklinik finden sollten, beschlossen wir mit der Straßenbahn und dann mit dem Bus zu fahren.
Als wir vor der Klinik ankamen, bekam meine Mutter erst mal einen riesigen Schreck, denn vor uns stand nicht etwa ein kleines nettes Krankenhaus, sondern ein zwölfstöckiges Hochhaus. Wie man sich darin nur annähernd zurechtfinden sollte, war uns schleierhaft.
Wir erfuhren schließlich, dass dieses Riesengebäude das Zentralklinikum war, und waren ziemlich erleichtert, als wir vor dem Kinderkrankenhaus, einem etwas kleineren, sympathischeren Gebäude standen. Wenn ich das Klinikum heute sehe, denke ich mir nichts mehr dabei und ich kann kaum noch verstehen, dass uns der Anblick so entsetzt hat.

Die Station

Wir waren auf der onkologischen Station (= Krebsstation) gelandet und das war wohl kein gutes Omen. Aber wer denkt schon daran, dass das eigene Kind oder gar man selbst je Krebs bekommen würde? Genauso wenig denkt man daran, dass irgendjemand aus der Familie durch einen Verkehrsunfall oder durch ein Verbrechen sterben könnte. So was trifft doch immer nur die anderen, die man nicht kennt und von denen man nichts weiß. Im Prinzip will man auch gar nichts davon wissen. Denn was interessiert einen das, solange man nicht selbst betroffen ist?

Auf der Station liefen ein paar Kinder ohne Haare herum. Ich fragte mich, was wohl mit ihren Haaren passiert war. Unter den Pullovern der Kinder kamen Schläuche hervor, deren Enden zu Flaschen führten, die, mit Flüssigkeit gefüllt, umgekehrt an Ständern hingen. Ich überlegte, was das wohl sollte, und da fiel mir wieder ein, dass ich solche Flaschen schon einmal gesehen hatte, bei einer »Kliniksendung« im Fernsehen. Da erinnerte ich mich auch wieder, dass sie diese Dinger Infusionen nannten, und es musste wohl Medizin drin sein.

Ich wurde aus meinen Gedanken gerissen, als mir eine Schwester ein Zimmer zuwies. Dort untersuchten mich zwei Ärzte, die beide noch recht jung und ziemlich nett waren. Sie tasteten meinen Bauch und meinen Hals ab. Sie redeten irgendetwas von einer vergrößerten Leber und Milz und von vergrößerten Lymphknoten. Ich hatte natürlich keine Ahnung, was das bedeuten sollte. Heute weiß ich, dass es typische Anzeichen für Leukämie sind.
Als diese Untersuchung beendet war, wurde mir zum x-ten Mal an diesem Tag Blut abgenommen. Nachdem auch das geschafft war, erkundigte sich meine Mutter nach ihrer Cousine, deren dreijährige Tochter Anja einen bösartigen Tumor an der Wirbelsäule hatte. Meine Mutter wusste, dass Anja ebenfalls in der Klinik war. Eine Schwester führte uns zu ihrem Zimmer. Die Cousine meiner Mutter war ziemlich entsetzt, als sie uns sah, denn eines war klar: Zum Spaß hatten sie uns nicht hierher geschickt. Was meine Mutter in diesen Augenblicken voller Ungewissheit und Angst gefühlt haben mag, das lässt sich wohl nicht in Worte fassen. Sie fragte schließlich nach Anjas Zustand und unterhielt sich noch eine ganze Weile mit ihrer Cousine. Ich kann nicht mehr genau sagen, über was

sie sprachen. Ich weiß nur noch, dass ich ziemlich müde und gestresst war. Deshalb war ich froh, als ich wieder in meinem Zimmer war und mein Abendessen bekam. Es bestand aus zwei Wurstbroten, die liebevoll mit Salzstangen und Essiggurken verziert waren. Ich weiß noch , wie ich mich über dieses Abendessen gefreut habe, weil es so schön hergerichtet war.
Es ist schon seltsam, dass man sich manchmal über solche banalen Dinge so freuen kann. Ich genoss es in diesem Moment sogar, im Krankenhaus zu sein, denn so etwas hatte ich noch nie zuvor erlebt. Irgendwie war das alles ziemlich aufregend, aber auch ein bisschen Angst einflößend. Meine Freude zerplatzte dann schließlich noch am gleichen Abend wie eine Seifenblase, nämlich als das Ergebnis meiner Blutwerte da war und meine Mutter zum Arzt gerufen wurde. Ich musste in der Zwischenzeit allein im Zimmer warten.

Ich überlegte mir, was ich denn wohl für eine Krankheit hatte und ob ich im Krankenhaus übernachten musste. Ich hatte Angst, dass ich allein in der Klinik bleiben musste, ohne meine Mutter. Ich hing wie eine Klette an ihr und hatte immer Angst, sie würde mich hier allein zurücklassen.
Meine Gedanken wurden wieder unterbrochen, als meine Mutter mit dem Arzt in mein Zimmer kam. Sie hatte geweint, ihre Augen waren ganz rot und ich verstand nicht, was das alles zu bedeuten hatte. Der Arzt erklärte mir, dass mein Blut krank sei und ich deshalb eine Weile im Krankenhaus bleiben müsste. Ich weiß nicht, ob er das Wort Krebs erwähnt hat. Vielleicht hatte ich es schon mal irgendwo früher gehört, aber im Grunde wusste ich nicht so genau, was dieses Wort bedeutet. Mir war aber dennoch klar, dass ich eine schlimme Krankheit hatte, und allein die Ungewissheit vor dem, was jetzt kommen würde, machte mir Angst. Deshalb weinte ich auch, aber es tröstete mich zumindest ein bisschen, dass

meine Mutter bei mir im Zimmer auf einem Klappbett übernachten konnte.
Meine Mutter hatte sich ein Nachthemd von ihrer Cousine ausgeliehen und ich bekam von den Krankenschwestern einen Schlafanzug, denn wir hatten schließlich gar keine Sachen dabei. Da die Krankheit bei mir schon sehr weit fortgeschritten war, wäre es zu riskant gewesen, mich auch nur noch einen Tag nach Hause zu lassen.

Mir wurde noch an dem gleichen Abend um 22.30 Uhr eine Infusion gelegt, nachdem meine Mutter ein langes Gespräch mit dem Arzt geführt hatte. Ich wurde in das Stationszimmer oder in den Eingriffsraum, wie es auch genannt wurde, gebracht. Dort sagte der Arzt zu mir, kurz bevor er die Nadel einstach: »Jetzt gibt es gleich einen kleinen Pieks.« Ich schaute zu, wie er die Nadel tief in meine Vene schob, hütete mich aber davor, nur den kleinsten Laut von mir zu geben, denn ich wollte schließlich tapfer sein. Außerdem war ich es ja schon von diesem Tag des Blutabnehmens gewohnt, gepiekst zu werden. Die Nadel blieb aber diesmal in der Haut stecken und an ihr wurde ein langer Schlauch befestigt. Dann wurde sie mit einem Pflaster festgeklebt und mein Arm von einer Schiene gestützt und mit einem Verband umwickelt. Als auch das geschafft war, trug mich der Arzt zurück in mein Zimmer, während die Schwester den Ständer, an dem die Infusionsflasche hing, hinterher schob. Als ich wieder in meinem Bett lag, schlief ich bald ein. Meine Mutter hat in dieser Nacht vor Angst und Sorgen kein Auge zugetan. Vielleicht dachte sie sogar daran, dass ich sterben könnte, und ich lag ahnungslos daneben und konnte sie nicht einmal trösten.

Die Enttäuschung

Von dem Tag an, als ich eingeliefert worden war, war ich ohne Unterbrechung über fünf Wochen im Krankenhaus. In dieser Zeit hatte meine Schwester ihre Erstkommunion und ich musste in der Klinik bleiben. Schonend versuchte meine Mutter mir beizubringen, dass ich nicht mit zu der Feier konnte. Sie wusste, wie lange ich mich schon auf diesen Tag gefreut hatte. Und ich wollte es einfach nicht glauben, obwohl wir extra noch mal den Arzt gefragt hatten, ob ich nicht wenigstens für kurze Zeit nach Hause dürfte. Das wäre aber unter keinen Umständen möglich gewesen, denn ich war mitten in der Chemo und außerdem erst vor einigen Tagen eingeliefert worden. Meine Mutter sah das schließlich ein, nur ich blieb trotzig. Ich heulte Rotz und Wasser und wollte beim besten Willen nicht hinnehmen, dass ich in der Klinik bleiben musste. Ich weinte und schrie, dass ich lieber sterben wolle, als diesen Tag allein im Krankenhaus zu verbringen.

Am Freitagabend fuhr meine Mutter nach Hause und mein Vater kam – so wie jedes Wochenende. Am Samstagabend fuhr dann auch mein Vater wieder, weil am nächsten Morgen das Fest sein sollte. Müde, niedergeschlagen und enttäuscht ließ er mich in der Klinik zurück. Ich wollte ihn zuerst nicht gehen lassen und veranstaltete mal wieder ein großes Geschrei. Aber schließlich musste ich ja doch nachgeben und verbrachte den restlichen Abend heulend und grübelnd im Bett. Ich überlegte mir, dass mich nun niemand in meinem schönen, rosa Kleid sehen würde, dass ich nichts von dem guten Essen abbekommen würde und dass meine Familie ohne mich feiern würde. Ich wusste zwar, dass alle in Gedanken bei mir und zwischen Trauer und Freude hin- und hergerissen sein würden, aber was war das für ein Trost?

Am nächsten Morgen weckte mich Schwester Annette und ich erinnerte mich wieder, was für ein Tag war. Sie öffnete den Vorhang und einige Sonnenstrahlen fielen in mein Zimmer. Ich war, nachdem ich ausgeschlafen hatte, wieder ein ganz neuer Mensch. Ich bemühte mich zu lächeln und ein einigermaßen fröhliches Gesicht zu machen. Schließlich würde bald Frau S. kommen, die Klinikseelsorgerin, die diesen Tag mit mir verbringen wollte. Da konnte ich ja kein Gesicht wie drei Tage Regenwetter machen. Außerdem brachte es sowieso nichts, den ganzen Tag nur Trübsal zu blasen.
Schwester Annette half mir aus dem Bett und wusch mich, band mir das Handtuch wie ein Kleid um meinen Körper und kämmte meine zu der Zeit noch reichlich vorhandenen Haare. Nachdem ich meine morgendlichen Pflichten erfüllt hatte, durfte ich mein rosa Kleid anziehen. Früher wollte ich immer eine Prinzessin sein und jetzt sah ich wohl auch wie eine aus mit meinen blonden Haaren und dem Kleid, das fast bis zum Boden ging. Nur der Verband an meiner Hand und der Infusionsständer passten nicht ganz dazu.

Als ich fertig hergerichtet war, kam die Krankenhausseelsorgerin mit ihrer Tochter, die ein Jahr jünger war als ich. Sie blieben den ganzen Vormittag bei mir und bemühten sich sehr, mir den Tag so schön wie möglich zu machen. Wir machten gemeinsam Spiele, bastelten und schließlich durfte ich auch auf den Balkon, wo ich mich von der warmen Sonne bescheinen ließ. Beim Mittagessen war ich wieder allein und wunderte mich über die Ruhe, die sich an diesem warmen Sonntagnachmittag über die ganze Station ausgebreitet hatte. Die Stille war schon fast unheimlich, da sonst auf der Station immer etwas los war. Deshalb war ich froh, als Frau S. wiederkam. Sie hatte Wachs zum Kerzenbasteln mitgebracht und ich gestaltete meine ganz persönliche »Frühlingskommunionskerze«. So ging auch dieser Tag zu Ende und Frau S.

schenkte mir zum Abschied eine kleine Tasche mit blauen Elefanten, über die ich mich sehr freute. Meine Mutter kam noch am gleichen Tag abends wieder zurück in die Klinik. Sie schlief die ganze Zeit über bei mir im Zimmer, in einem so genannten »Mutter-Kind-Zimmer«. Es gab nur drei davon und es waren die einzigen Zimmer, die ein eigenes Bad mit Badewanne und Toilette hatten. In diesen Räumen war es viel gemütlicher als in den »normalen« Krankenzimmern. Außerdem hatten wir nachts mehr Ruhe, da sie am Ende des Ganges lagen.
Ich war sehr froh, dass ich wenigstens die Nacht nicht allein verbringen musste und meine Mutter wieder da war. Ich erzählte ihr sofort, wie ich den Tag in der Klinik erlebt hatte, und zeigte ihr ganz stolz meine selbst gemachte »Frühlingskommunionskerze« und die Tasche, die ich geschenkt bekommen hatte.

Nun erzählte mir meine Mutter von der Kommunion meiner Schwester, von den Mädchen in den langen, weißen Kleidern, von dem Essen im Gasthaus und von den vielen Geschenken, die meine Schwester bekommen hatte. Sie erzählte mir, dass auch ich viele Geschenke bekommen hatte, und ich war ganz verblüfft darüber, denn schließlich hatte ich ja keine Erstkommunion gehabt. Neugierig starrte ich auf die große Tasche, die meine Mutter dabei hatte, und fragte, ob die Pakete da drin seien. Meine Mutter nickte und sagte, ich bekäme die Geschenke nur, wenn ich sie heute Abend nicht mehr alle auspacken würde. Sie holte ein Päckchen nach dem anderen heraus und legte es auf den Tisch. Ich bekam immer größere Augen. Das waren ja mehr Pakete, als sie das Christkind brachte! Ich warf meiner Mutter einen treuen Hundeblick zu und schließlich durfte ich doch noch all die in buntem Papier eingewickelten Geschenke auspacken. Ich staunte, was sich die Leute alles einfallen ließen, um mich aufzuhei-

tern, und wie viele Leute mich an diesem Tag nicht vergessen hatten.
Wir riefen schließlich noch zu Hause an. Ich telefonierte mit meiner Schwester und fragte sie, wie ihr der Tag gefallen hatte. Ich sprach auch noch mit meinem Vater und gab dann den Hörer meiner Mutter. Nachdem sie das Gespräch beendet hatte, ging sie noch ein bisschen spazieren. Ich schlief bald darauf ein und träumte von blauen Elefanten.

Sehnsucht nach meinen Geschwistern

In den fünf Wochen Krankenhausaufenthalt habe ich meine Geschwister nur einmal kurz gesehen. Meine Schwester durfte, nachdem sie von einem Arzt untersucht worden war, kurz zu mir ins Zimmer, besser gesagt vor meinem Zimmer auf den langen Balkon. Wenn es mir einigermaßen gut ging, fuhr ich auf dem Balkon manchmal mit dem Riesendreirad herum. Natürlich nur, wenn ich nicht an der Flasche hing. Als ich später bei meinem Rückfall noch einmal auf der Station war, kam es auch vor, dass Kinder mit Infusionen im Gang oder auf dem Balkon durch die Gegend düsten und die Mütter mit den Infusionsständern hinterherrannten. Aber damals war eben noch alles strenger. Meine Schwester durfte jedenfalls nur auf den Balkon und irgendwie lag eine gewisse Spannung in der Luft. Wir waren uns richtig fremd geworden. Es war in diesem Moment plötzlich anders als früher, selbst wenn sich nach einem kurzen Gespräch die Spannung legte. Ich denke, meine Schwester musste die Krankheit – genauso wie ich – erst verstehen lernen. Meine Geschwister hatten es in dieser Zeit auch nicht gerade leicht. Meine Mutter war meistens bei mir in der Klinik und meine Geschwister haben sie vermutlich sehr vermisst, wenn sie die ganze Woche nicht da war und sie sich tagsüber mit der Haushaltshilfe und abends mit meinem Vater begnügen mussten.

Für meine Schwester war es vor allem sehr schwer zu begreifen, warum immer nur ich im Mittelpunkt stand und sich immer nur alles um mich und um meine Krankheit drehte. Bei meinem kleinen Bruder war das anders. Er war gerade erst drei Jahre alt und zu klein um das alles zu verstehen. Er war oft bei unseren Großeltern und auf sich selbst gestellt. Er hatte niemanden, der mit ihm spielte.

Meinen kleinen Bruder habe ich in den fünf Wochen Krankenhausaufenthalt nur einmal kurz durch die Scheibe der Glastür am Ende des Ganges gesehen. Wie gerne hätte ich ihn umarmt! Stattdessen mussten wir uns mit einem Blick durch die Scheibe begnügen. Oh, wie vermisste ich diesen süßen kleinen Knirps, der mich immer zum Lachen brachte. Ich hatte als ältere Schwester immer das Gefühl, auf ihn aufpassen zu müssen und ihm etwas beibringen zu müssen, aber das konnte ich jetzt nicht mehr. Auf der Station kannte man meinen Bruder schon aus meinen Erzählungen und der Stationsarzt erkundigte sich immer nach ihm. Manuel, so heißt mein Bruder, sagte einmal während der Chemo, weil dauernd alle Leute davon sprachen, dass ich Leukämie habe: »Martina hat nicht Leukämie, Martina hat Therapie.« Damit hatte er sogar zweifellos Recht, da die Krebszellen ja bereits einige Wochen nach Beginn der Therapie abgetötet worden waren.

Brief von meiner Klassenlehrerin

In dieser Zeit bekam ich auch einen Brief von meiner Lehrerin, über den ich mich besonders gefreut habe:

30. April 1988

Liebe Martina!
Ich danke dir ganz herzlich für deinen Brief. Auch ich bin traurig, dass du jetzt längere Zeit nicht in die Schule kommen kannst. Aber ich wünsche dir, dass die Infusionen und die Tabletten dich ganz gesund machen. Ich schicke dir ein Buch mit. Wenn es dir langweilig ist, kannst du es ja lesen. Ich wünsche dir viel Spaß dabei.
Deine Klassenkameraden waren auch ganz traurig, als sie hörten, dass du im Krankenhaus bleiben musst, ganz besonders Gabriele, Marion und Birgit. Sie werden dir alle Briefe schreiben. Immer wieder jemand anderer. Wenn du möchtest, könnten wir dir auch immer wieder ein Buch ausleihen, damit es dir nicht so langweilig wird. Nun wünsche ich dir, dass du weiterhin so tapfer bist und immer ein bisschen mehr gesund wirst.

Deine Frau G.

P.S. Dein Bild ist wunderschön geworden. Es passt so gut zum Frühling. Die Sonne scheint. Die Vögel zwitschern, die Schmetterlinge fliegen von Blüte zu Blüte und die Blumen blühen.

Nach Hause

Schließlich kam nach über fünf Wochen der Tag, an dem ich nach Hause durfte. Wir hatten alles zusammengepackt und das, was sich in den fünf Wochen alles angesammelt hatte, war wirklich nicht wenig. So saßen wir nun im Zimmer mit unserem ganzen Gepäck und warteten, bis mein Onkel kam, der uns abholen sollte. Wir gingen noch einmal alles durch, damit wir auch nichts vergessen hatten. Die Taschen waren gepackt, die Infusionsflasche und den Schlauch hatte man mir »abgenommen« und abgemeldet war ich ebenfalls.

Es wäre alles so schön gewesen, aber irgendwie konnte ich mich nicht so richtig freuen, weil mir kotzübel war. Ich hatte das Gefühl, mich jeden Moment übergeben zu müssen, doch ich versuchte stark zu bleiben und nicht zu spucken. Ich hatte Angst, wenn ich mich jetzt noch übergeben müsste, dass die Ärzte es sich vielleicht im letzten Moment anders überlegen würden und ich auf der Station bleiben musste. Doch schließlich schaffte ich es, nicht zu spucken, bis mein Onkel kam. Er hatte das Auto gleich vor der Tür geparkt, damit ich nicht so weit laufen musste. Zuerst brachten er und meine Mutter das Gepäck runter ins Auto und dann kam ich an die Reihe. Ich hatte Mühe auf den Beinen zu bleiben und so entschlossen wir uns den Fahrstuhl zu nehmen. Die Treppe runter hätte ich es wohl nicht ganz geschafft. Als wir am Wagen meines Onkel angekommen waren, legte ich mich hinten auf die Sitzbank und versuchte zu schlafen um zu vergessen, wie unendlich übel mir war.
So lag ich nun da, mit meinem »Eisbären« unter dem Arm, in eine Decke eingewickelt und neben mir stand eine Spuckschale. Die Fahrt war ein wahrer Horrortrip und ich weiß bis heute nicht, wie ich es schaffte, mich nicht zu übergeben. Ich

versuchte die ganze Zeit über zu schlafen, aber das klappte auch nicht richtig. Jedes Mal, wenn ich spürte, wie es mich würgte, versuchte ich es zu unterdrücken. Ich sagte mir immer wieder vor: »Ganz ruhig atmen«, und konnte mich so selbst ein bisschen beruhigen.

Nachdem wir endlich nach über eineinhalb Stunden Fahrt zu Hause angekommen waren, legte ich mich erst mal auf das Sofa im Wohnzimmer und versuchte an etwas Schönes zu denken. Meistens dachte ich an eine duftende, saftig grüne Blumenwiese, über die Schmetterlinge und kleine Elfen flogen, oder manchmal dachte ich auch einfach nur an meinen kleinen Bruder und stellte mir vor, wie er gerade im Garten Ball spielte. Oft funktionierte diese Methode ganz gut und half mir dabei, mich ein kleines bisschen abzulenken.

Am Abend dieses Tages hatte ich zum ersten Mal seit langer Zeit ein kleines bisschen Hunger und meine Mutter brachte mir etwas zu essen. Ich aß nicht sehr viel, aber zu Hause schmeckte es doch gleich viel besser als in der Klinik. Was allein die Umgebung schon ausmachte! Langsam konnte ich auch andere Dinge wieder besser wahrnehmen, weil ich nicht mehr ständig mit der Übelkeit kämpfen musste.
Es war plötzlich so komisch, wieder zu Hause zu sein, und alles war irgendwie ein bisschen fremd geworden. Aber ich freute mich trotzdem sehr daheim zu sein. In dieser Chemopause begriff ich zum ersten Mal, was es heißt, ein »normales« Leben führen zu können, beim Abwaschen zu helfen – das habe ich nämlich getan, als ich daheim war, weil es so herrlich normal war –, in die Schule zu gehen oder einfach nur im Garten zu sitzen und zu schaukeln. Oh, wie hatte ich das alles im Krankenhaus vermisst!

Wann komm ich hier endlich wieder raus?

Nach dieser kurzen Pause zu Hause folgte gleich der nächste lange Klinikaufenthalt. Ich saß wieder Wochen in meinem Zimmer fest und die einzigen Personen, die ich den ganzen Tag zu Gesicht bekam, waren meine Mutter, einige Schwestern, ab und zu die Kliniklehrerin oder irgendwelche Lesetanten und eben am Wochenende meinen Vater. Manchmal spielte ich mit der einen oder anderen Schwesternschülerin Gesellschaftsspiele, aber im Grunde war ich auch mal ganz gerne allein, denn die Welt der Erwachsenen war nicht meine Welt. Ich wollte »richtige Sachen« spielen, wie zum Beispiel mit Puppen. Aber mit welchem Erwachsenen auf der Station konnte ich schon mit Puppen spielen oder sonst irgendwelche verrückten, selbst ausgedachten Spiele machen? So versuchte ich eben meine Fantasie auszuleben, indem ich bastelte oder malte. Ich war froh, dass meine Mutter und ich ein eigenes Zimmer hatten, denn so konnte ich mich wenigstens in Ruhe selbst beschäftigen und keiner störte mich.

Ich war in der ganzen Zeit während meiner Behandlung auch nur ein einziges Mal mit einem anderen Mädchen im Zimmer – für ein paar Tage, als meine Mutter nach Hause gefahren war. Das Mädchen war schon älter als ich und wir konnten nicht so viel miteinander anfangen. Das heißt, ich habe den ganzen Tag kein Wort geredet, mit niemandem. Ich fühlte mich allein gelassen und besonders schmerzhaft war, dass meine Geschwister und mein Vater, nachdem sie meine Mutter abgeholt hatten, in den Zoo gingen und ich nicht mitkonnte. Ich war bockig und wütend auf meine Mutter, dass sie mich hier allein gelassen hatte. Dabei war sie eben einfach auch einmal krank und musste sich erholen.

Aber ich sah trotzdem nicht ein, weshalb ich vorübergehend zu diesem Mädchen gelegt werden sollte, wenn doch fast alle meine Sachen noch in dem anderen, alten Zimmer waren. Die Schwestern meinten wahrscheinlich, dass es mir gut täte, mal wieder was anderes zu sehen. Sie glaubten bestimmt, dass wir uns beide dann nicht so sehr langweilen würden. Aber ich wollte lieber alleine sein. Wenn ich allein war, konnte ich wenigstens tun, was ich wollte. Dann gehörte der Raum mir. Ich fühlte mich von niemandem beobachtet, ich konnte im Fernsehen anschauen, was ich wollte, und konnte ungestört meine Pumuckelkassetten anhören. Das tat ich nämlich oft, wenn ich allein war. Vor allem, wenn ich darauf wartete, dass meine Mutter von zu Hause zu mir kam. Ich wusste, wenn ich sie ungefähr zweimal abgespielt hatte, würde meine Mutter da sein.

Blut

Ich schneuzte mich und mal wieder blutete es aus meiner Nase. Ich hatte früher auch manchmal Nasenbluten gehabt. Nur kam es mir jetzt ein bisschen stärker vor als sonst. Vielleicht kam das ja daher, dass mein Blut nun krank war? Damit es schnell wieder zu bluten aufhört, muss man sich hinlegen, so sagen es zumindest immer alle Leute, die sich prima mit Nasenbluten auskennen. Ich legte mich also hin – die Füße möglichst hoch lagern und den Kopf tief. Bald hatte es wieder einigermaßen aufgehört. Ich konnte mich wieder dem Spiel zuwenden, das ich gerade mit meinem Vater, der bei mir in der Klinik war, begonnen hatte. Doch auf einmal wurde mir furchtbar schlecht und ich musste mich übergeben. Es ging alles so schnell, dass ich nicht mal mehr zu meiner Spuckschale kam. Ich kotzte im hohen Bogen so eine Menge rotes Zeug heraus, das mitten auf dem Hemd von meinem Vater landete. Es war Blut, das Blut, das vorher nicht aus meiner Nase, sondern in meinen Magen gelaufen war. Ich hätte mich nicht hinlegen dürfen, denn so hatte ich den roten Trank geschluckt, wie Graf Drakula. Nur mein Magen vertrug dieses Zeug leider nicht. Das Hemd von meinem Vater war jedenfalls gründlich hinüber, es sah beinahe aus, als hätte ihn gerade jemand abgestochen. Dieses kleine »Blutbad« war uns eine Lehre. Ich habe mich nie wieder bei Nasenbluten hingelegt.

Ein anderes Mal, als ich gerade niedrige Thrombos (Thrombozyten) hatte, bekam ich wieder Nasenbluten. Ich legte mich diesmal nicht hin, sondern hielt mir ein Taschentuch unter meine Nase. Es tropfte und tropfte, das Taschentuch wurde rot und roter. Schließlich kam der Doktor in mein Zimmer um zu schauen, was mit meiner Nase los war. Er zeigte mir, wie ich das Taschentuch fest auf meine Nase drücken musste, damit es zu bluten aufhörte. Mir lief zwar jetzt kein Blut in den Magen, aber es tropfte trotzdem unaufhörlich weiter aus meiner Nase, wie aus einer defekten Wasserleitung, die nichts zum Stillstand bringen kann. Auch die Ärzte auf der Station konnten dieses »laufende rote Etwas« um nichts in der Welt zum Stoppen bringen.

Ich musste zu einem Spezialisten und das hieß: zu einem Hals-Nasen-Ohren-Arzt im Zentralklinikum. Ich wurde mitsamt dem Bett durch den langen unterirdischen Gang, der die Kinderklinik mit dem Zentralklinikum verbindet, in die Hals-Nasen-Ohren-Abteilung gebracht. Inzwischen war ich so weiß wie mein Bettbezug. Als wir drüben ankamen, wurde ich so-

fort in den Behandlungsraum gebracht. Ich wurde auf einen seltsamen Stuhl gesetzt, der beinahe aussah wie der bei unserem Zahnarzt. Verängstigt saß ich nun da und wartete, was als Nächstes passieren würde. Meine Mutter wartete inzwischen draußen. Ihr war schon ganz schlecht von dem vielen Blut. Der Arzt machte jetzt meine Nase sauber und stocherte darin herum. Plötzlich schob er etwas in meine Nase. Au, das tat weh! Ich schrie laut auf. Das war es dann. Der Arzt erklärte mir, dass dieses komische Ding, das sich Tamponade nannte, nun vorerst in meiner Nase bleiben musste. Dieser Gedanke gefiel mir gar nicht, weil ich nun nur noch durch den Mund atmen konnte.
Nachdem eine Schwester schließlich noch meine mit Blut verschmierte untere Gesichtshälfte gesäubert hatte, durfte ich wieder zurück in mein Bett. Beim Verlassen des Behandlungsraums blickte ich mich nach meiner Mutter um, aber es war nichts von ihr zu sehen. Da entdeckte ich zum Glück die Schwester von der Station, die mich ins Zentralklinikum begleitet hatte. Sie erklärte mir, dass meiner Mutter von dem vielen Blut so schlecht geworden war, dass sie mit einer anderen Schwester an die frische Luft musste, um nicht umzukippen. Nach ein paar Tagen bekam ich die Tamponade schließlich wieder heraus, worüber ich heilfroh war.

Mein Hickmankatheter

Mein Hickmankatheter (Venenkatheter; siehe Fachbegriffe auf S. 202) wurde mir zirka zwölf Tage nach meiner Einlieferung eingepflanzt. Dazu wurde ich in meinem Bett durch den langen unterirdischen Gang in das Zentralklinikum gefahren. Der Katheter wurde natürlich im Operationssaal (OP) unter

Vollnarkose gelegt. Ich durfte also vor dem Eingriff nichts essen, da ich vor einer Narkose nüchtern bleiben musste.

Das war nicht die einzige Narkose in meiner »Kliniklaufbahn«, denn bei allen Knochenmarkpunktionen bekam ich auch eine und das waren schon sehr viele. Selbst ein paar Stunden nach der Narkose durfte ich immer noch nichts essen und manchmal glaubte ich, vor Hunger und vor allem vor Durst sterben zu müssen. Dieses trockene Gefühl in der Kehle und im Mund machte mich beinahe wahnsinnig. Nach zwei Stunden erbarmten sich die Schwestern meist und gaben mir Babytee, der wirklich grauenvoll schmeckte. Aber wenn ich halb am Verdursten war, trank ich sogar Babytee gerne. Nach noch einer halben Ewigkeit durfte ich schließlich etwas leicht Bekömmliches, wie z.B. Nudelsuppe essen. Ich hatte aber nach der Narkose meist einen Bärenhunger, was verständlich war, weil ich den ganzen Tag nichts zu essen bekommen hatte. Dann stellte ich mir vor, wie schrecklich es wäre, wenn ich über einen längeren Zeitraum hungern und dursten müsste. Wir lernen eben alles erst zu schätzen, wenn wir es entbehren müssen oder nicht mehr haben. Sei es unsere Gesundheit oder auch Dinge, die wir bei unserem hohen Lebensstandard einfach nicht zu schätzen wissen.
Ich wollte mich also am Abend einige Stunden nach der Narkose meist nicht nur mit Nudelsuppe zufrieden geben. Einmal hatte ich danach schrecklichen Hunger auf eine Pizza und da holte mir meine Mutter einfach eine und ich verschlang sie mit Heißhunger. Die Schwestern sagten immer, ich solle nach der Narkose kein so fettes Zeug essen, weil der Magen es sowieso nicht behalten könne, aber ich habe danach mehr als einmal nicht nur Nudelsuppe gegessen und soweit ich mich erinnern kann, wurde mir nie übel. Ich dachte damals oft: Man sollte die Schwestern doch mal einen ganzen Tag hungern lassen! Aber sie waren eben nur besorgt und taten ihre

Pflicht. Manche Schwestern nahmen es mit der Sorge und der Pflicht allerdings schon fast zu genau. Doch gab es auch Unterschiede, die eine war weniger streng und die andere mehr.

Also, zurück zu meinem Hickmankatheter. Manchmal hätte ich ihn wirklich verwünschen können, wenn z.B. meine Geschwister im Sommer zum Baden gingen und ich nicht mitkonnte. Es wäre zwar sowieso nicht möglich gewesen, dass ich in ein Freibad oder an einen See gegangen wäre, da die Infektionsgefahr viel zu hoch gewesen wäre. Aber es reichte schon, wenn ich meinen Bruder im Planschbecken rumtoben sah oder beobachten musste, wie die anderen Kinder sich in ihren Gärten gegenseitig mit Pistolen und Schläuchen nass spritzten. Dann hätte ich meinen Katheter am liebsten zum Teufel gewünscht. Ich konnte ja noch nicht einmal duschen, nur in der Badewanne baden, die höchstens halb voll sein durfte.

Aber am lästigsten war, dass ich ständig höllisch aufpassen musste, dass der Katheter strikt steril gehalten wurde. Ich durfte mit keinen Tieren in Berührung kommen und möglichst nicht mit Topfpflanzen, weil die bei so geringer Abwehrkraft Krankheitsüberträger sein können und der Katheter noch eine zusätzliche Infektionsgefahr ist. Ich weiß noch, als ich bei meinem Rückfall meinen Hasen nicht streicheln durfte. Einmal, als meine Leukos gerade verhältnismäßig hoch waren, durfte ich ihn mit Handschuhen anfassen. Doch das wurde mir dann zu blöd! Ich zog die Handschuhe aus und streichelte ihn einfach so.
Der Katheter musste außerdem alle zwölf Stunden (zumindest damals noch) mit einer Kochsalzlösung durchgespült werden und das war manchmal ganz schön nervig. Als ich bei meinem Rückfall auf der Station war, musste er nur noch alle drei Tage durchgespült werden.

Aber ich war trotzdem sehr froh, dass ich einen Hickmankatheter hatte, denn so ein Katheter ist doch schon viel angenehmer als eine Nadel in der Vene. So blieben wenigstens meine Venen geschont. Es ist nämlich gar nicht so leicht, immer eine gute Einstichstelle zu finden, vor allem, wenn einem dauernd neue Infusionen gelegt werden müssen. Außerdem machen die Zytostatika die Venen auf die Dauer kaputt und man muss höllisch aufpassen, dass nichts davon auf die Haut kommt, weil sie sonst verätzt würde. Natürlich war es auch ein erheblicher Vorteil, dass ich nicht dauernd zum Blutabnehmen gepiekt werden musste, und außerdem hatte ich immer beide Arme zur Verfügung und es war nicht ständig einer von beiden durch einen Verband mit Schiene lahm gelegt.

Luxus?

Eigentlich, aber auch nur eigentlich wäre es in der Klinik gar nicht so schlecht gewesen. Wir hatten ein einigermaßen gemütliches Zimmer mit Fernseher und Bad und ich konnte mir sogar jeden Mittag etwas zu essen wünschen, wie alle Kinder auf der Station. Aber mit dem Essen, das war schon eine Sache für sich. Entweder ich hatte keinen Hunger oder mir war übel und wenn keines von beidem zutraf, war ich zu wählerisch oder ich konnte das Essen beim besten Willen nicht zu mir nehmen, weil ich es ungenießbar fand. Außerdem gab es die Hälfte der Gerichte, die ich bestellte, ohnehin nicht. So kam es schließlich, dass ich mir eine Zeit lang jeden Tag Wienerwürstchen bestellte, da konnte man nichts falsch machen. In einer anderen Phase habe ich mir einmal jeden Tag Hawaii-Toast gewünscht, bis ich keinen Hawaii-Toast mehr sehen konnte.

Oft brachte mir auch meine Mutter etwas mit. Wenn ich gerade Hunger auf eine Pizza hatte, hat sie mir eine Pizza besorgt, und wenn ich Hunger auf ein Kuchenstück hatte, hat sie mir ein Kuchenstück gekauft. Es konnte auch mal passieren, dass ich in einem Moment beispielsweise eine Pizza wollte, und wenn sie dann wenige Minuten später vor meiner Nase stand, konnte ich sie nicht mehr essen, weil mir schon von ihrem Anblick schlecht wurde. Meine Mutter hat mir auch immer Cornflakes und Erdbeerpulver für die Milch mitgebracht, eben solche Dinge, die es in der Klinik nicht gab. Über das Krankenhausfrühstück und das Abendessen kann ich im Allgemeinen nicht klagen, denn das schmeckte wirklich ganz gut. Es wurde von den Schwestern in der Stationsküche zubereitet.

Ich wog damals nur 18 Kilo, die ich während der ganzen Therapie hielt. Ich war ziemlich klein für mein Alter. Aber da 18 Kilo selbst für meine Größe nicht gerade viel waren, taten die Schwestern und meine Mutter eben alles, damit ich etwas aß. Meine Mutter bekam ihr Essen auch vom Krankenhaus, nicht von der Kinderklinik, sondern vom Zentralklinikum, und dagegen war das Essen der Kinderklinik ein Traum. Meine Mutter ging zum Essen immer in das Elternzimmer. Das ist ein Raum auf der Station, der extra für die Eltern der krebskranken Kinder eingerichtet ist. Ich konnte es nicht gut vertragen, wenn sie in meinem Zimmer aß, denn wenn ich dieses Essen nur roch, wurde mir übel.
In dem Elternzimmer befand sich eine Essecke, ein Herd, ein Spülbecken, ein Sofa und nicht zu vergessen ein Fernseher. Für die Kinder gab es das Spielzimmer. Im Spielzimmer befand sich alles, was ein Kinderherz begehrt: von Gesellschaftsspielen bis zu Puppen und Kuscheltieren. Ich konnte mir dort auch Material zum Basteln holen und später gab es sogar Videos, die ich mir ausleihen konnte. Außer dem El-

ternzimmer und dem Spielzimmer gab es auf der Station neben den Krankenzimmern noch den Eingriffsraum (dort war ich im Allgemeinen nicht gerade sehr gerne), das Stationszimmer, das Ärztezimmer und natürlich die Küche. Aus der Küche konnte ich mir selbst etwas zu trinken holen oder mir das Essen in der Mikrowelle aufwärmen, das heißt, wenn ich dazu in der Lage war. Meistens holten natürlich die Schwestern oder meine Eltern die Sachen, die ich brauchte, aus der Küche.

Aber zurück zu der Behauptung, »es sei eigentlich gar nicht so schlecht in der Klinik«. Es war schon was dran. Man konnte den Aufenthalt manchmal mit dem berühmten »Gefangensein in einem goldenen Käfig« vergleichen, wenn man von den Nebenwirkungen der Therapie absieht. Ich bekam alles, was ich mir wünschte, aber eigentlich bekam ich es auch nicht, denn im Grunde wünschte ich mir nichts sehnlichster als frei zu sein. Ich bekam zumindest all die Dinge, die man mit Geld erwerben konnte, aber Gesundheit ist nun mal nicht käuflich.

Etwas, von dem ich oft mehr als genug hatte, war Langeweile. Normalerweise vertrieb ich meine Zeit mit basteln, fernsehen und malen, mein ganzes Zimmer war stets mit Bildern zugekleistert. Außerdem spielte ich auch oft irgendwelche Gesellschaftsspiele mit meiner Mutter oder mit Schwesternschülerinnen. Ich weiß wirklich nicht, was ich in dieser Zeit ohne meine Mutter getan hätte. Sie war fast immer bei mir, sodass ich nur vereinzelte Tage allein auf der Station war. Immer, wenn meine Mutter mal für einen Tag nach Hause fuhr, weil sie selbst halb krank war oder meine Geschwister sie mal brauchten, bekam ich hysterische Anfälle. Ich hatte solche Panik, allein zu sein und dass meine Mutter nicht wieder kommen würde. Dabei vergaß ich völlig, dass meine Geschwister meine Mutter auch brauchten und ich sie nicht nur für mich vereinnahmen konnte.

Ich erinnere mich noch an eine Situation, als meine Mutter zu einer Beerdigung musste und darum für diesen Tag ganz nach Hause fuhr. Ich habe getobt, geweint und geschrien. Eine Schwesternschülerin versuchte mich zu beruhigen. Sie schlug mir vor, mein neues Gesellschaftsspiel, das ich gerade zuvor von meiner Mutter bekommen hatte, zu spielen. Weil ich mich aber immer noch nicht beruhigte und absolut nicht auf ihren Vorschlag eingehen wollte, verpassten die Schwestern mir ein Schlaf- und Beruhigungsmittel. So schaffte es die Schülerin schließlich doch, mich dazu zu bringen, dass ich mitspielte, und während sie mich dadurch ablenkte, konnte meine Mutter gehen. Aus dem Spiel wurde allerdings nicht viel, da alles um mich plötzlich schummrig wurde und nur noch ganz weit weg war. Ich hasste diese verdammten Schlafmittel, ich hasste es, durch sie einfach lahm gelegt und abgestellt zu werden.

Als ich aufwachte, ging es mir wieder besser. Da war ja immer noch mein Telefon! Wenn schon niemand bei mir sein konnte, wollte ich zumindest die Stimmen meiner Eltern und Geschwister hören. Ich telefonierte, selbst wenn meine Mutter da war, fast jeden Abend mit meinem Vater und mit meinen Geschwistern. Wenn ich mit meinem Vater sprach, freute ich mich schon immer auf das Wochenende. An den Wochenenden war er meistens bei mir und dann hatte ich, wenn mein Vater meine Mutter ablöste, für kurze Zeit beide Elternteile für mich – wenn es auch oft nur zehn Minuten waren.

Glatzköpfchen

Natürlich gingen mir die Haare aus. Es dauerte einige Wochen, bis es sich bemerkbar machte, aber schließlich kam es dann so weit, dass ich nur noch ein paar Fransen auf dem Kopf hatte. Ich ließ mir den Flaum, der noch übrig geblieben war, von meinem Vater ganz abschneiden, weil er weder meinen Schädel schützte noch irgendwie gut aussah.

Meine Geschwister guckten erst mal erstaunt, als ich zu Hause angekommen war und meinen Strohhut abnahm. Sie hatten mich schließlich schon einige Wochen nicht mehr gesehen und beim letzten Mal hatte ich noch ziemlich normal ausgesehen, das heißt, ich war noch kein Glatzkopf. Sogar meine Mutter schaute zuerst ganz erschrocken, obwohl sie mich ja noch vor ein paar Tagen gesehen hatte. Aber so ganz ohne Haare, das war zuerst schon sehr ungewohnt.
Meine Geschwister und meine Eltern fanden sich aber wie ich ziemlich schnell damit ab, dass ich jetzt einen kahlen Schädel hatte. Was ich von manchen anderen Leuten nicht sagen konnte. Ich hasste es, wenn mich irgendwelche Menschen anstarrten, deshalb trug ich fast immer meinen pinkfarbenen Strohhut, den ich von der Mutter eines Klassenkameraden geschenkt bekommen hatte. Den Strohhut habe ich immer noch. Er ist inzwischen etwas zerbeult und ausgeblichen. Aber er hat seinen Zweck erfüllt. Daheim, das heißt, wenn ich im Haus war, hatte ich meistens keine Kopfbedeckung auf und auf der Station natürlich auch nicht.

Am Anfang der Chemotherapie, als ich noch Haare hatte und bereits wusste, dass sie mir ausgehen würden, wurde ich gefragt, ob ich später eine Perücke haben wollte. Weil es sehr verführerisch klang, dass ich wie die Leute im Fernsehen eine

echte Perücke bekommen sollte, und ich mich nicht recht mit dem Gedanken anfreunden konnte, dass ich mit einer Glatze herumlaufen sollte, sagte ich schließlich ja. So kam es, dass wir eines Tages bei einem Friseur saßen und eine Perücke für mich anfertigen ließen. Da ich ja noch meine eigenen Haare hatte, konnte ich mir gar nicht so richtig vorstellen, wie es mit einem kahlen Kopf wohl sein würde. Die Friseuse schaute sich meine Haarfarbe und auch meinen Schnitt an, um eine meinem echten Haar ähnliche Perücke nachbilden zu können.
Als die Perücke dann fertig war, mochte ich sie nicht besonders. Ich habe sie so gut wie nie getragen. Denn wenn ich sie aufhatte, begann es überall auf meiner Kopfhaut zu jucken und außerdem konnte sie meine Haare sowieso nicht ersetzen. Deshalb lief ich fast immer als Glatzköpfchen herum. Es machte mir damals noch nicht so viel aus wie später bei meinem Rückfall, obwohl ich mir eigentlich immer schon lange Haare gewünscht hatte. Damals war ich wahrscheinlich einfach noch nicht so eitel oder ich war zumindest in einem Alter, in dem ich noch nicht so sehr auf mein Aussehen und mein Äußeres achtete. Schließlich mochten mich die Leute, die mir wichtig waren, auch ohne Haare. Manchmal ärgerte ich mich natürlich schon über die neugierigen Blicke anderer Leute und fand es sehr unangenehm, wenn Menschen mit dem Finger auf mich zeigten und irgendwas in der Art wie »Schau, die hat keine Haare« sagten. Aber vor allem, wenn mich jemand für einen Jungen hielt, war ich sehr gekränkt. Trotz allem hatte nie jemand über meine Glatze gelacht. Deshalb wurde es umso schwerer für mich, als ich dann wieder in die Schule kam. Kinder sagen und tun eben immer das, was sie denken, und können manchmal ganz schön skrupellos sein. Ich werde diesen Augenblick nie vergessen, als ich zum ersten Mal meine Mütze in meiner Klasse abnahm und ein Mädchen laut zu lachen anfing. Ich hatte zuvor extra gefragt, ob ich meine Kopfbedeckung abnehmen könne, und wurde

doch ausgelacht. Ich war an diesem Tag sehr traurig. In den Schulpausen setzte ich meine Mütze schließlich wieder auf, denn ich wollte nicht von noch mehr Kindern ausgelacht werden.

Leukos

Während der Therapiepausen musste ich regelmäßig zur Blutkontrolle in die Klinik, da die Werte nach der Chemo meist rapide sanken. Aus diesem Grund saß ich selbst während der eigentlichen Pausen manchmal wochenlang im Krankenhaus fest. Damals durften die Kinder mit Werten unter 1000 Leukos (Leukozyten) nicht aus dem Zimmer. Da war ich dann immer auf meine Mutter und meine Klingel angewiesen. Es war manchmal ganz schön lästig, von anderen abhängig zu sein. Ich konnte mir ja nicht einmal etwas zu trinken holen, geschweige denn irgendetwas anderes. Ich war also in meinem Zimmer gefangen wie in einem Gefängnis und jeder, der zu mir wollte, musste einen Mundschutz aufsetzen. Wenn ich sogar weniger als 500 Leukos hatte, durfte man nur noch mit sterilem Kittel zu mir. Niemand sitzt gerne halb verkleidet mit Mundschutz und Kittel im Zimmer, wenn draußen die Sonne scheint und es heiß ist. Meine Mutter schlief zu der Zeit, als ich niedrige Werte hatte, mit Mundschutz und Kittel bei mir im Zimmer. Im Sommer, wenn die Räume in der Klinik aufgeheizt waren, wurde das Mundschutztragen für sie oft unerträglich.

Einmal, als ich zu einer Blutkontrolle während einer Pause kam, hatte ich mal wieder nur 600 Leukos. Ich wusste genau Bescheid, was das bedeutete, so wie ich mich auch mit den anderen Blutwerten und mit meinem Protokoll einigermaßen auskannte. Ich wusste also auch bei dieser Kontrolle, was mich erwartete. Es war Sommer, alle Kinder spielten draußen und ich würde mal wieder im Krankenhaus sitzen und mich zu Tode langweilen. Ich war ziemlich niedergeschlagen und als mich der Doktor untersuchte und das bemerkte, erlaubte er es mir für diesen warmen Sommertag ausnahmsweise, mit meinem Vater im Park spazieren zu gehen.

Ich bin oft mit meinem Vater im Park spazieren gegangen, wenn ich mal für ein paar Stunden nicht »an der Flasche hing«. Wir haben dann immer altes Brot für die Enten am Weiher mitgenommen und sie damit gefüttert. Manchmal hat mir mein Vater auch ein Eis geholt. Ich wartete dann immer so lange auf einer Parkbank, bis er wiederkam. Schließlich durfte ich nicht mit ins Café vom Zentralklinikum, weil ich Menschenansammlungen meiden sollte. Mein Immunsystem war einfach zu geschwächt und die Ansteckungsgefahr mit meinen niedrigen Leukozyten sehr hoch. Auf jeden Fall konnte ich an diesem Tag im Park kein Eis essen, weil ich einen Mundschutz tragen musste. Die Leute, die an uns vorbeigingen, schauten mich an, als würde ich vom Mars kommen. Sogar die Leute der Kinderklinik, die nicht von meiner Station waren, verschonten mich nicht mit neugierigen Blicken. Mir war es meistens ziemlich egal, wenn mich die Leute so anstarrten, aber nicht, wenn es mir nicht so gut ging oder ich genervt war. Manchmal machte es mir sogar Spaß, die Leute mit meiner Glatze zu erschrecken.

Tod

Der Tod war oft zu Gast auf der Station. Ich habe damals noch nicht so recht begriffen, was es heißt, tot zu sein, und manchmal begreife ich es auch heute noch nicht.

Ich möchte von Anja, der Tochter der Cousine meiner Mutter, erzählen. Anja war gerade drei Jahre alt, genau wie mein kleiner Bruder. Sie war der lebhafteste, süßeste kleine Knirps, den man sich nur vorstellen konnte. Sie war auch bei den Schwestern sehr beliebt. Ihre Lieblingsschwester war Schwester Elke. Ich kann es noch heute vor mir hören, wie Anja immer sagte: »Meine Schwester Elke.«

Anja hatte mit einem drei viertel Jahr schon einen Tumor und dann bekam sie einen Rückfall. Sie hatte einen Tumor an der Wirbelsäule. Es ist schon eine Fügung des Schicksals, wenn die Kinder zwei so naher Verwandter an Krebs erkranken und das nicht genetisch bedingt ist.
Anja musste jedenfalls operiert werden, weil sich der Tumor sonst immer weiter ausgebreitet hätte und sie deshalb vielleicht auch querschnittsgelähmt hätte werden können. So entschlossen sich ihre Eltern zu der Operation. Anja besuchte mich noch am Tag ihrer Operation an meinem Bett. Ich hatte sie auf der Station selten gesehen, da meist einer von uns beiden mit einem Leuko-Tief im Zimmer gesessen hatte. Sie kam jedenfalls an diesem Morgen vor der Operation in mein Zimmer gefetzt, lebendig wie immer. Sie hatte einen Aufkleber dabei, auf dem ein Clown abgebildet war. Sie schenkte ihn mir und ich wollte ihn auf eine meiner Mappen kleben, doch Anja bestand darauf, es selbst zu tun. Auf dem Sticker stand: »Lach doch mal«, und das tat ich dann auch, als sie sich von mir verabschiedete. Das war das letzte Mal, dass ich sie gese-

hen habe. Anja hat bei der Operation zu viel Blut verloren. Drei Tage nach dem Eingriff hat sie noch im Koma gelegen und dann ist sie schließlich gestorben.

Später, als ich von meiner Mutter erfuhr, dass Anja, wie alle Kinder, in einem weißen Sarg beerdigt wurde, wollte ich, wenn ich einmal sterben sollte, auch in einem weißen Sarg liegen. Aber ich wusste wohl gar nicht, was ich da wollte. Wusste ich, dass ich dann wirklich tot wäre? Ich glaube nicht, denn ich konnte damals einfach nicht begreifen, dass der Körper eines Menschen leer ist, wenn er gestorben ist, dass sich keine Seele mehr darin befindet. Ich glaubte zwar ganz fest, dass alle Menschen, zumindest alle »Guten« und alle Kinder in den Himmel kamen, aber was passierte mit dem Körper? Würde man im Himmel einen neuen bekommen und könnte man so aussehen, wie man wollte? Gab es im Himmel wirklich Engel? Und der »liebe Gott«, wie würde er wohl aussehen?
Der Tod begegnete mir in dieser Zeit nicht nur einmal. Aber ich hatte niemals Angst, selbst sterben zu müssen. Für mich war das damals nichts Schlimmes, denn ich glaubte fest daran, dass es einen Himmel und einen »lieben Gott« gab. Ich hatte keine Angst vor dem Tod, weil ich mir so sicher war, dass es ein Leben danach gab. Heute ist mein Glaube nicht mehr so stark und ich bin mir nicht sicher, ob es wirklich ein Leben nach dem Tod gibt. Deshalb habe ich jetzt wieder Angst vor dem Tod, vor der Frage, was danach kommt.

Übelkeit und Erbrechen

Übelkeit und Erbrechen sind die häufigsten und typischsten Nebenwirkungen der Chemotherapie. Damals gab es leider noch kein wirksames Medikament dagegen. Deshalb kam es schon mal vor, dass ich an einem Tag an die zehn Mal meine Spuckschüssel gebrauchte. Einmal, ich weiß nicht mehr, wann es war, ich musste wohl gerade verhältnismäßig viel gegessen haben, erbrach ich sogar so eine Menge, dass die Spuckschale nicht einmal mehr ausreichte. Die Schwester holte, so schnell sie konnte, die Waschschüssel, aber es war ohnehin schon die Hälfte ins Bett gegangen. Ich konnte aber immer noch nicht aufhören zu spucken und würgte und würgte, bis schließlich nur noch Galle kam und mein Hals furchtbar brannte. Dann war es vorbei. Ermattet lag ich in dem verschmutzten Bett und der ekelhafte Geschmack in meinem Mund ließ einen erneuten Brechreiz in mir aufkommen.

Normalerweise kam nicht viel, wenn ich spucken musste, denn ich aß sowieso fast nichts, weil mir eben immer schlecht war. Wenn ich nichts im Magen hatte und erbrechen musste, brannte es immer besonders in meiner Speiseröhre, und ich würgte dann nur noch. Aber dadurch wurde mir auch nicht besser. Denn meistens fühlt man sich ja wohler, nachdem man richtig gebrochen hat.
Meine Mutter tat deshalb alles Erdenkliche, damit ich nur irgendetwas aß, damit etwas in meinem Magen war. Schwester Ulrike, meine Lieblingsschwester, brachte mir sogar Suppenpulver von zu Hause mit, weil mir die Kliniksuppe nicht schmeckte. Ich aß hin und wieder auch ein paar Löffel Suppe, aber die blieben meistens nicht drin. Es ist schon ein ekelhaftes Gefühl, wenn einem dauernd schlecht ist. Oft lag ich nur in meinem Bett und schaute bockig vor mich hin.

Ich kann mich noch an eine Situation erinnern, als mir wieder mal total schlecht war und die Krankengymnastin zu mir ins Zimmer kam. Ich sagte kein Wort zu ihr und starrte sie nur an, weil mir so übel war. Ich hatte Angst, wenn ich den Mund aufmachte, kotzen zu müssen. Nachdem mich die Krankengymnastin dann ein paar Mal gefragt hatte, was mit mir los war, musste ich wirklich spucken. Als mir danach wieder ein bisschen wohler war, klärte ich sie endlich auf, dass mir so schlecht war. Sie fragte mich, warum ich denn nichts gesagt hätte, und ich dachte mir nur: »Wie denn?«

Um die Zeit vor Weihnachten war es besonders schlimm mit dem ewigen Gekotze. Ich habe so gut wie nichts mehr gegessen, höchstens ab und zu leicht Bekömmliches. Wie schön wäre es gewesen, wenn mir mal nicht schlecht gewesen wäre! Ich wusste schon gar nicht mehr, wie ein richtiges Essen schmeckte und wie es war, Hunger zu haben. Ich aß zu der Zeit gar nichts mehr; das Einzige, was ich noch zu mir nahm, war Früchtetee.

Das alles war ja schon genug. Aber dazu kam auch noch, dass ich meine Tabletten einnehmen musste, und das nicht nur einmal am Tag, sondern morgens, mittags, nachmittags und abends. Pillen schlucken, das war der wahre Alptraum für mich. Ich konnte sie nämlich nicht einfach so mit Wasser runterspülen und deshalb musste ich sie immer aufgelöst runterwürgen. Der grauenvolle Geschmack dieser aufgelösten Brühe ließ mir buchstäblich alles wieder hochkommen. Manchmal musste ich meine Medikamente mehrmals einnehmen, wenn sie nicht drin geblieben waren. Ich versuchte immer mindestens eine Stunde nach der Einnahme nicht zu spucken, denn nach einer Stunde ist der Wirkstoff der Tabletten bereits im Blut angelangt. Wenn ich das schaffte, musste ich meine Medikamente nicht noch einmal schlucken. Oft

haute das mit der einen Stunde aber nicht hin und ich musste sie gnadenlos nochmals einnehmen. Es kam auch öfter vor, dass ich die Tabletten mehrmals hintereinander schluckte und wieder erbrach, bis sich die Schwestern schließlich doch erbarmten und mir eine weitere Einnahme ersparten.
Vor dem Einnehmen saß ich grundsätzlich immer eine halbe Ewigkeit vor der widerlichen aufgelösten Soße und wartete auf den passenden Moment, an dem mir nicht übel war. Leider gab es solche Momente aber nicht und allein der ekelhafte Geruch der aufgelösten Tabletten ließ mich würgen. Diesem verdammten Teufelskreis konnte ich selten entrinnen.

Ähnlich war es mit der Mundpflege. Alle Kinder, die Chemo bekommen, müssen normalerweise (d.h., wenn sie keine Mundschleimhautentzündung haben) viermal täglich Mundpflege machen. Ich musste mit verschiedenen Lösungen den Mund ausspülen. Aber das Beste kam natürlich am Schluss: eine Suspension zum Runterschlucken. Diese Suspension schmeckte ungefähr so ekelhaft wie die aufgelösten Tabletten und deshalb saß ich auch hier wieder eine ganze Zeit lang davor. Und je länger ich wartete, desto schlimmer wurde es. Manchmal, wenn es ganz schlimm war, machten die Schwestern eine Ausnahme, und ich durfte es weglassen.

Weihnachten rückt näher

Es war inzwischen November geworden und das Ende meiner stationären Chemo war abzusehen. Danach sollte ich nur noch zwölf Bestrahlungen bekommen und dann würde ich endgültig fertig sein mit der stationären Behandlung.

Das war ein schöner Traum, den ich da am elften November, an meinem Namenstag und an dem Tag, an dem alle Kinder an einem Laternenumzug teilnehmen, in der Klinik träumte. Wie gerne wäre ich auch bei dem Umzug dabei gewesen. Der Traum vom Ende der Behandlung, der bald Wirklichkeit sein würde, stimmte mich für kurze Zeit wieder ein kleines bisschen fröhlicher. Auch die Geschenke, die ich zu meinem Namenstag bekommen hatte, ließen mich für einen Moment mein Elend vergessen. Ich lag nämlich mit einer sehr üblen Mundschleimhautentzündung in meinem Krankenbett. Die Entzündung war so schlimm, dass ich gar nichts mehr essen konnte und dass ich auch kaum noch sprechen konnte. Deshalb musste ich mindestens sechsmal am Tag und zweimal in der Nacht Mundpflege machen. Eine normale Mundpflege reichte nun nicht mehr aus. Meine Schleimhäute mussten zusätzlich mit einer blauen Tinktur, die Gentiana hieß, ausgepinselt werden. Außerdem bekam ich eine betäubende Lösung in den Mund gespritzt, da ich ihn nicht mehr sehr weit öffnen konnte. In der Nacht hätte ich manchmal Anfälle bekommen können, wenn mich mal wieder eine Schwester zur Mundpflege weckte. Im Halbschlaf wurden mir die Wangentaschen ausgepinselt und die Lösung wurde in meinen Mund gespritzt. Die blaue Tinktur war übrigens eine Lösung, die meine Schleimhäute desinfizieren sollte, deshalb brannte sie immer höllisch und nachts wurde ich von diesem Schmerz auch aus meinem Halbschlaf gerissen. Außerdem sah ich nach dem Auftragen wie ein kleines Ungeheuer aus, weil meine Lippen ganz blau waren und die Lösung sich nicht so ohne weiteres wieder abwischen ließ.
Nachts legte ich mir zu dieser Zeit immer eine Stoffwindel auf das Kopfkissen, in die ich hineinbiss, wenn mein Mund zu sehr brannte. Außerdem brauchte ich die Stoffwindel, da ich meinen Mund nicht mehr ganz schließen konnte und daher keine Kontrolle mehr über meinen Speichelausfluss hatte. So

konnte ich es vermeiden, dass mein Kopfkissen jeden Morgen blau und versabbert war. Aber ich kam mir dabei vor wie ein kleines hilfloses Baby.

Als ich die Mundschleimhautentzündung hatte, bekam ich gerade keine Chemo. So war mir fast nicht übel, was auch gut war, denn meine Speiseröhre war wie mein Mund total entzündet. Wenn ich da noch so oft wie sonst hätte erbrechen müssen, hätte meine Rachenhöhle noch mehr gebrannt.

Da mir nun nicht mehr so übel war, hatte ich zum ersten Mal seit langem wieder Hunger. Nur ergab sich jetzt das Problem, dass ich wegen der Mundschleimhautentzündung nichts essen konnte oder besser gesagt nichts beißen konnte. Also gab es wieder nichts anderes als Suppe und Tee, denn nicht einmal Säfte konnte ich trinken, weil die mir den Rachen wie Feuer hinunter brannten. Es war wirklich manchmal zum Schreien. Aber schließlich überstand ich auch diese Mundschleimhautentzündung, selbst wenn es eine ganze Weile dauerte, bis sich die Schleimhäute wieder regeneriert hatten.

Endlich hatte ich die letzte Chemo bekommen und jetzt kam es zum Endspurt mit den zwölf Bestrahlungen. Am ersten Dezember begann die Strahlentherapie, die im Zentralklinikum stattfand. Bevor die eigentliche Bestrahlung anfing, musste ich mit meiner Mutter zum »Strahlenarzt« ins Zentralklinikum. Nach einem Gespräch mit ihm erklärte mir eine Schwester, dass ich eine Gipsmaske brauchen würde. Es wurde also eine Maske von meinem Kopf angefertigt und danach ein Foto von mir gemacht, wozu weiß ich auch nicht. Ich kann mich jedenfalls noch daran erinnern, dass ich an dem Tag meine Rosie, das ist der Name eines Kuscheltiers, dabei hatte. Rosie war ein rosarotes Stofftier, das ungefähr die Gestalt eines Bären hatte und das an einer Pfote einen Spiegel hatte, und die andere duftete nach Erdbeere. Am Ende ihres langen blauen Schwanzes hatte Rosie eine pink-farbene Bürste und weil sie ein so ausgefallenes Stofftier war, war ich sehr stolz, als ich sie der Schwester in der Strahlenabteilung zeigte. Alle bewunderten nun mein Stofftier und Rosie durfte schließlich auch mit auf das Foto.

Dann bekam ich meine erste Bestrahlung, aber ich kann mich nicht mehr so genau daran erinnern. Ich weiß auch nicht mehr, was ich dabei gedacht oder was ich vorher erwartet habe. Mir ist nur noch im Gedächtnis geblieben, dass in dem Warteraum der Strahlenabteilung an dem ersten Tag meiner Behandlung eine Menge Leute saßen, so wie auch an allen anderen Tagen. Deshalb musste ich dort immer einen Mundschutz tragen.
Die Menschen starrten mich an, als käme ich aus einer anderen Welt. Es war wohl sehr interessant für sie, ein Kind ohne Haare, mit Mundschutz und einer Infusion zu sehen, das obendrein in einem Rollstuhl saß. Ich hasste es, dort zu warten, und ich hasste die neugierigen Blicke der Leute, vor allem, wenn es mir nicht gut ging. Ich wollte nicht, dass die Menschen dachten, ich wäre gelähmt, weil ich in einem Rollstuhl saß, und ganz besonders schrecklich fand ich es, wenn sie in meiner Gegenwart über mich sprachen. »Schau mal das Kind im Rollstuhl«, »Oh, das arme Kind«, solche Sachen bekam ich dann zu hören. Dabei saß ich doch nur im Rollstuhl, weil ich zu schwach zum Laufen war, ich hatte einen Mundschutz auf, damit ich mir keine Infektion holte, und meine Haare waren nun mal von der Chemo ausgegangen. Was war daran so besonders? Es war auch nichts Besonderes daran, wenn ich mich nach der Bestrahlung übergeben musste, da das nun mal eine Nebenwirkung der Bestrahlung ist.
Mir war wirklich immer total übel danach. Es war fast schlimmer als bei der Chemo. Ich bekam zuvor schon manchmal

eine Pille gegen die Übelkeit, aber leider halfen die nicht. Einmal musste ich mich sogar in der Strahlenabteilung übergeben.
Da gab es für die Leute wieder etwas zu sehen. Wir hatten ja zum Glück immer eine Spuckschale dabei und so war nichts Schlimmeres passiert, nichts, wovor sich irgendjemand hätte ekeln müssen.

Weil mir in der Adventszeit von den Bestrahlungen immer so schlecht war, hatte ich auch nie besonders viel Hunger auf die Schokolade aus meinem Adventskalender oder auf irgendwelche Schokoladennikoläuse, die in meinem Zimmer rumstanden. Ich mochte deshalb meinen Adventskalender mit den Bildern lieber als den mit der Schokolade.
So verging also die Zeit mit dem Warten auf Weihnachten, das zugleich das Warten auf das Ende meiner Behandlung war, und jedes Türchen, das ich öffnete, brachte mich meinem Ziel ein bisschen näher.

Der Tag meiner Entlassung

Ich wartete sehnsüchtig auf diesen Tag, auf den Tag meiner Entlassung am zwölften Dezember 1988. Ich freute mich wie ein Schneekönig, obwohl ich auch ein ganz klein wenig traurig war, denn die Station war für mich schon fast so etwas wie eine zweite Heimat geworden. Das ist jetzt natürlich ein bisschen übertrieben und ich war sicher viel lieber zu Hause, aber ich hatte die Ärzte und Schwestern trotzdem alle sehr gern. Sie würden mir wahrscheinlich fehlen, selbst wenn sie mich manchmal noch so genervt hatten.
Vor allem würde mir Dr. T. fehlen, den ich sehr ins Herz ge-

schlossen hatte. Er hatte so eine ruhige, freundliche Art und er konnte unheimlich gut mit Kindern umgehen. Für ihn war sein Beruf nicht nur irgendeine Pflicht, die er zu erfüllen hatte. Er war mit seinem Herzen dabei und das zeigte er, wenn er mich zum Beispiel einfach auffing und in den Arm nahm.
An dem Tag meiner Entlassung saß ich nun ein letztes Mal bei der Kaffeepause der Ärzte und Schwestern in der Küche. Wir feierten sozusagen meinen Abschied und ich durfte mich, da ohnehin kein Platz mehr frei war, auf den Schoß von Dr. T. setzen. Nachdem ich dort eine Weile gesessen hatte, überreichte meine Mutter den Schwestern und Ärzten zum Abschied ein Geschenk, ich weiß nicht mehr, was es war.
Die Schwestern alberten schließlich noch eine ganze Weile herum – bei den Kaffeepausen ging es ohnehin immer ziemlich lustig zu. Nachdem wir es endlich geschafft hatten, uns zu verabschieden, d. h. nachdem wir es geschafft hatten, uns in kein neues Gespräch mehr verwickeln zu lassen, brachen wir auf. Weit kamen wir allerdings nicht, um genau zu sein, nur bis zum Ärztezimmer am Ende der Station. Dort war nämlich Dr. H., von dem ich mich auch unbedingt noch verabschieden musste. Der Doktor war nicht beim Kaffeetrinken in der Küche gewesen, weil er gerade dabei war, seine Sachen zu packen. Er wollte die Klinik bald verlassen und nach Norddeutschland gehen und das war ja nun nicht gerade um die Ecke.

Dr. H. feierte seinen Abschied mit noch ein paar anderen Ärzten. Als ich vorsichtig an der Tür geklopft hatte und im Ärztezimmer stand, traute ich mich vor den anderen Ärzten plötzlich nicht mehr zu sagen, was ich wollte. Da schlug mir Dr. H. einfach vor, dass ich ihm doch ins Ohr flüstern sollte, was ich wollte. Also flüsterte ich ihm schüchtern ins Ohr: »Adresse.« Ich kann mich an diesen Moment noch genau erinnern, als wäre es gestern gewesen. Manchmal denke ich,

dass ich so vieles schon vergessen habe, aber so viele Dinge, an die jahrelang niemand mehr dachte, von denen ich glaubte, dass sie schon längst vergessen seien, fallen mir plötzlich wieder ein, wenn ich in den hintersten Windungen meines Gedächtnisses krame. Auch die Fotos aus dieser Zeit erinnern mich an den einen oder anderen Moment, so eben auch an diesen. Ich verabschiedete mich schließlich von Dr. H., bekam seine Adresse und war froh, dass er mein kleines Problem mal wieder auf seine Art gelöst hatte. Er war eben immer zu einem Spaß aufgelegt. Ich würde ihn wohl auch sehr vermissen.
Ich hatte natürlich auch die Adresse von Dr. T., der inzwischen eine eigene Praxis eröffnet hat. Ich habe den beiden ziemlich lange geschrieben. Doch vor ein paar Jahren ist der Kontakt zu Dr. H. dann schließlich ganz abgebrochen. Dr. T. schreibt mir immer noch zu Weihnachten, aber ich habe ihn seit der Zeit in der Klinik nie mehr gesehen.

Wir schafften es schließlich noch an diesem Tag, die Klinik zu verlassen. Nachdem ich mich von wirklich allen verabschiedet hatte, hielt mich nichts mehr auf der Station. Ich wollte endlich nach Hause.
Weihnachten verbrachte ich glücklich mit meiner Familie zu Hause. Ich glaubte damals noch an das Christkind und deshalb war die Vorfreude auf den Heiligabend und auf die Bescherung besonders groß. Im ganzen Haus duftete es nach Plätzchen und es lag Weihnachtsduft in der Luft. Ich freute mich schon auf das gute Essen und hatte nun auch wieder mehr Hunger.

Alles bekam langsam wieder einen geregelten Rhythmus. Ich musste jetzt nur noch alle zwei Wochen zu einer ambulanten Untersuchung gehen und nicht mehr im Krankenhaus übernachten. Niemand brauchte mehr zu spekulieren, wann ich

als Nächstes niedrige Leukos haben würde und in der Klinik bleiben müsste.
Es kehrte wieder ein harmonisches Familienleben ein und der Heiligabend lief genauso ab wie bei jeder normalen Familie. Den Tag über wurden die letzten Vorbereitungen getroffen. Wir machten einen gemeinsamen Spaziergang und wir Kinder dann einen Mittagsschlaf. In der Zeit sollte das Christkind kommen. Die lange Zeit des Wartens ging schließlich vorbei und endlich war es so weit. Wir stürzten uns auf die Geschenke. Nach der Bescherung saßen wir alle gemütlich zusammen und tranken Punsch. Ich habe mich über alle Geschenke, die ich an diesem Weihnachtsfest bekommen habe, riesig gefreut. Aber das schönste Geschenk war, dass ich gesund bei meiner Familie zu Hause war.

Schule

Ich hatte ein ganzes Jahr in der Schule gefehlt. In diesem Jahr hatte ich in der Klinik und auch daheim Hausunterricht bekommen. Während meiner Krankenhausaufenthalte bekam ich von der Kliniklehrerin Unterricht. Sie war schon ziemlich alt und nicht gerade das, was man verständnisvoll nennen kann. Sie hat offenbar nie begriffen, dass die Onkologie keine normale Station war. Wenn es mir einigermaßen ging, bin ich ganz gut mit ihr zurechtgekommen. Aber wenn ich mal schlecht gelaunt war, keine Lust hatte oder wenn es mir einfach nicht gut ging, dann konnte sie es nicht akzeptieren, dass ich keinen Unterricht machen wollte. Sie verstand offenbar nicht, dass ich einfach nur meine Ruhe haben wollte, wenn mir kotzübel war.

Wenn ich zu Hause war, wurde ich von meiner damaligen Klassenlehrerin und manchmal auch von einem anderen Lehrer meiner Schule unterrichtet. Ich mochte meine Klassenlehrerin sehr gerne. Sie war auch viel verständnisvoller als die Kliniklehrerin. Ich bekam, wenn ich daheim war, nur ein paar Unterrichtsstunden in der Woche und höchstens eine am Tag. Deshalb freute ich mich immer darauf. Denn schließlich hatte ich den ganzen Tag nichts zu tun. Meine Klassenlehrerin brachte mir wenigstens etwas zum Ausmalen und zum Schreiben und Rechnen mit. Manchmal unterhielt ich mich mit ihr über die Kinder in meiner Klasse, über das, was sie gerade machten. Ich interessierte mich sehr dafür, was es im normalen Unterricht zu tun gab. Meine Lehrerin brachte mir ab und an auch Briefe von meinen Klassenkameraden und manchmal sogar Geschenke von ihnen mit. Die meisten Kinder schenkten mir ihre eigenen Spielsachen, Kuscheltiere, Bücher, Kassetten und andere Dinge. Ein Junge schenkte mir sogar sein Lieblingsbuch, über das ich mich sehr freute. Aber trotzdem wäre ich viel lieber selbst in die Schule gegangen. Schon Wochen vor meinem »zweiten Schulanfang« konnte ich es gar nicht mehr erwarten, wieder in die Schule gehen zu dürfen. Aber dann war es endlich so weit: Im April 89 betrat ich zum ersten Mal wieder meine Klasse. Ich hatte die Nacht zuvor vor Aufregung fast nicht geschlafen.

Die Kinder in meiner Klasse waren im Allgemeinen ganz nett und verständnisvoll, bis auf einige Ausnahmen, wie das Mädchen, das über meine Glatze gelacht hat. Ich glaube, manche meiner Klassenkameraden waren vielleicht auch ein bisschen eifersüchtig auf mich, weil mich ein paar Lehrer nun irgendwie »besonders« behandelten oder meinten, dass sie mich bemitleiden mussten. Ich hasste es, von jemandem bemitleidet zu werden. Einige Leute, die mich, bevor ich krank wurde, immer unfreundlich behandelt hatten, wurden nun

z. B. freundlicher denn je. Aber was sollte ich mich über solche Leute ärgern? Mit meinen Leistungen in der Schule konnte ich zumindest zufrieden sein, denn ich hatte im Jahreszeugnis einen Durchschnitt von 2,0. Und auch sonst hatte ich keine Probleme mit dem, was von mir erwartet wurde. Ich wurde von allen Seiten gelobt, von den Lehrern und natürlich von meinen Eltern und ich muss sagen, dass ich sogar ein bisschen stolz auf mich war.

Briefe von meinen Klassenkameraden während der Behandlung

Liebe Martina,
wie geht es dir?
Hast du viele Schmerzen?
Wir haben die Zahl 12 gelernt. Der Zahnarzt war auch da.
Ich freue mich, wenn du wieder da bist.
Viele Grüße Angela

Liebe Martina,
ich hoffe, dass du bald in die Schule kommst. Und übrigens wie geht es dir ?
Liebe Martina, geht es dir in der Schule gut und im Krankenhaus?
Ich bin froh, wenn du wieder in die Schule kommst und ich bin auch froh, wenn du wieder gesund bist.
Viele Grüße von
Birgit

Liebe Martina!
Geht es dir besser?
Ich wünsche dir alles Gute, dass du bald wieder gesund wirst.
Meine Mama ist auch im Krankenhaus.
Ich bete jeden Abend für Mama und für dich.
Es grüßt dich dein Martin

Die Kinder aus meiner Klasse haben mir immer wieder Briefe geschrieben, immer wieder ein anderer, so wie es meine Klassenlehrerin versprochen hatte. Die Briefe waren meist nicht sehr lang, da die Kinder aus meiner Klasse erst schreiben gelernt hatten. Manche Kinder schrieben auch nur ein paar Worte, wie »gute Besserung«. Viele malten mir einfach nur ein Bild. Die Briefe, die ich ausgewählt habe, waren so ziemlich die längsten, die ich bekam. Ich selbst habe auch immer wieder Briefe und Bilder an meine Klasse geschickt.

Briefe von Dr. H.

26. April 90

Liebe Martina,
es freut mich, dass es dir so gut geht. Über deine schöne Post habe ich mich sehr gefreut. Mir gefällt es hier sehr gut, auch wenn ich die netten Schwestern der Station und auch euch Kinder sehr vermisse. Ich muss hier sehr viel arbeiten, sodass ich nur selten bisher ans Meer konnte. Es ist aber so blau wie auf dem Bild, das ich dir geschickt habe. Auch die Sonne scheint manchmal. Nur die Fische sind nicht so bunt, da habe ich etwas geflunkert. Wenn dein Bruder und deine Schwester frech sind, musst du eben auch frech sein.

Sag dem Manuel meinen Trost wegen seiner blauen Finger. Das tut sicher weh. Wenn du meinen Brief bekommst, sind sie ja vielleicht schon wieder gesund. Zum Schluss wünsche ich dir noch ein schönes Fest zur Erstkommunion. Und richte deinen Eltern und Geschwistern herzliche Grüße aus.

Dein Doktor H.

Liebe Martina,
herzlichen Dank für deinen Ostergruß (und den deiner Eltern).Wir haben hier viel zu tun. Du weißt vielleicht noch gar nicht, dass ich im letzten August geheiratet habe. Deshalb lege ich ein Foto bei. So ernst und ehemannartig wie auf dem Foto schaue ich nicht immer. Weil es uns hier so gut gefällt, bauen wir ein Haus und haben viel zu tun beim Aussuchen von Teppich, Fliesen und so. Wir wollen aus der Stadt rausziehen, im Juli ist es wohl so weit. Meine Frau hat ein Islandpferd, das weidet dann ganz in unserer Nähe. Seit Januar arbeite ich in der Kinder- und Jugendpsychiatrie. Da sind viele Kinder, die Probleme mit ihren Eltern haben oder mit anderen Menschen, die dann auch andere Kinder schlagen, weil sie so traurig und alleine sind. Das ist aber nicht nur anstrengend und traurig, sondern oft haben wir auch viel Spaß miteinander und spielen. So, jetzt weißt du, wie es mir geht und was ich so mache.
Ich wünsche dir und deinen Eltern eine schöne Zeit und dass ihr den Frühling euch so richtig schön macht.

Dein Dr. H.

Liebe Martina,
vielen Dank für deinen netten Brief. Du hast recht, dass du mich an das vergessene Hochzeitsfoto erinnerst. Meine Frau und ich wohnen jetzt außerhalb der Stadt. Hier gibt es viele Pferde und wir haben zwei Katzen. Die machen uns viel Freude, da sie recht verspielt sind. Das Wetter bei uns ist

ganz anders. Es ist nicht so kalt, der Himmel ist aber meist bedeckt, es windet sehr stark und regnet öfter. Weil es hier weiter im Norden ist, wird es später hell und früher dunkel. Manchmal wird es gar nicht richtig hell. Aber bald kommt ja der Frühling. Dass es dir so gut geht, freut mich sehr. Alle sechs Wochen zur Untersuchung ist auch nicht mehr so oft, auch wenn es lästig ist. Ich habe mich sehr über deinen Brief gefreut und wünsche dir von Herzen alles Gute und gutes Gelingen bei deinen Plänen im neuen Jahr.

Dein Dr. H.

Ich habe diese Briefe ausgewählt um zu zeigen, wie die Beziehung von einem Arzt zu seinem Patienten sein kann. Ich finde es nämlich sehr wichtig, dass die Patienten für den Arzt nicht nur »Objekte« sind, die er heilen muss. Ich fand es schön, dass ich mit Dr. H. und mit Dr. T., dem anderen Stationsarzt, einfach normal reden konnte, dass sie mich nicht nur wie einen Patienten, sondern wie einen Menschen bzw. wie ein Kind behandelten.

Ich mochte Dr. H. und Dr. T. sehr gerne, deshalb habe ich ihnen auch geschrieben und sie mir. Es wäre schön, wenn alle Ärzte so wären wie die beiden.

Vier Jahre und neun Monate

Vier Jahre und neun Monate nach dem Ende der Chemo wurde ein Rückfall bei mir festgestellt. Ich habe am Anfang dieses Buches von fast fünfeinhalb Jahren geschrieben. Die beinhalten aber den ganzen Zeitraum, von dem an keine Leukämiezellen mehr in meinem Knochenmark zu sehen waren, und das ist schon kurz nach Beginn der Therapie der Fall, nämlich ab dem Tag, an dem eine »Remission« festgestellt werden kann (Remission bedeutet: Es sind keine sichtbaren Krankheitszeichen vorhanden).

In den vier Jahren und neun Monaten regenerierte sich mein Körper. Und nach dem Ende der ersten Erhaltungstherapie war die Stabilität meines Immunsystems so gut wie wiederhergestellt. Das Leben war fast wieder so wie früher vor meiner Krankheit, wenn ich zuerst auch noch ein bisschen geschont wurde und immer ein bisschen anfälliger für Krankheiten war als die anderen Kinder. Meine Haare waren wieder gewachsen. Ich ging ganz normal zur Schule. Ich spielte mit meinen Freunden, so wie ich es früher getan hatte. Natürlich wurde ich älter. Ich wechselte in dieser Zeit die Schule – und überhaupt vieles in meinem Leben wurde anders. Ich war nun in der fünften Klasse im Gymnasium und fand dort neue Freunde, unter anderem meine damalige Schulfreundin Corinna. Ich war endlich nicht mehr die kleine Schüchterne, die sich nie traute, etwas zu sagen. Im Gegenteil, ich war selbstbewusster als je zuvor.

Es war nun fast so, als wenn ich nie krank gewesen wäre. Ich dachte auch kaum noch an die Zeit im Krankenhaus und daran, dass ich einmal Leukämie gehabt hatte. Nur wenn ich noch zu den Kontrollen in die Klinik musste, wurde ich wieder daran erinnert. Meine frühere Krankheit gehörte schon zu lange der Vergangenheit an, als dass ich mir lange den Kopf darüber zermarterte. Ich war eigentlich ganz zufrieden, wie alles war, auch wenn ich mich manchmal fragte, wie es wohl wäre, wenn ich nie krank geworden wäre. Ich fragte mich, ob ich dann größer wäre, ob ich schönere Haare hätte oder ob ich dann einfach nur irgendeine Schülerin wäre, die noch nicht so viel über ihr Leben nachgedacht hätte.

Rückfall

Ach, was soll schon sein?

Nach der ersten Intensivtherapie (= Therapie auf der Station) mit sieben Jahren bekam ich eine einjährige Erhaltungstherapie, während der ich alle zwei Wochen in die Klinik kommen musste. Es wurde ein Blutbild gemacht und jeweils eine gründliche Untersuchung. Danach legte Frau Dr. F. die Tablettenmenge für die nächsten zwei Wochen fest.

Frau Dr. F. war das »Oberhaupt« der Onkologie in meiner Klinik und die einzige Ärztin, die der Krebsstation die ganzen Jahre erhalten blieb. Die jungen Ärzte, die auf der Station waren, sind dort höchstens ein paar Jahre und manche auch nur ein paar Monate geblieben. Frau Dr. F. war jedenfalls schon »immer« da, d. h. schon einige Zeit, bevor ich erkrankte und auf die Station kam.
Sie behandelte hauptsächlich die Kinder in der Ambulanz, die zu den Kontrollterminen kamen. Auf der Station bekam man sie deshalb nicht allzu oft zu Gesicht, aber sie fehlte natürlich nie, wenn eine wichtige Entscheidung getroffen werden musste. Ich musste jedenfalls während der Erhaltungstherapie wöchentlich zum Blutbild. Und da die Klinik so weit von unserem Wohnort entfernt war, durfte ich das Blutbild einmal in dem Krankenhaus bei uns am Ort machen lassen und in der nächsten Woche musste ich wieder in die große Klinik. Ich musste, nachdem die Erhaltungstherapie beendet war, noch

regelmäßig zur Kontrolle in die Klinik kommen, anfangs noch alle zwei Wochen, später nur noch alle vier Wochen. Mit der Zeit wurden die Abstände immer länger, bis ich schließlich nur noch jedes halbe Jahr kommen sollte.

Doch dann fingen meine Blutwerte plötzlich an zu »spinnen«. Anhand des Blutbildes konnte man zwar nicht erkennen, was nun genau mit mir los war. Frau Dr. F. war aber trotzdem beunruhigt. Meine Mutter machte sich natürlich auch gleich wieder Sorgen, nur ich hatte überhaupt keine Bedenken, dass irgendetwas nicht in Ordnung sein könnte oder dass ich vielleicht sogar einen Rückfall haben könnte. Ich war schließlich weder blass noch müde, noch fehlte mir irgendetwas anderes. Es kam für uns deshalb umso überraschender, dass ich am Tag nach diesem Kontrolltermin zu einer Knochenmarkpunktion kommen sollte. Meine Mutter war ziemlich geschockt, als sie das hörte, aber ich versuchte sie zu beruhigen und sagte zu ihr, dass Frau Dr. F. diese Punktion wahrscheinlich nur aus Sicherheitsgründen machen würde. Aber meine Mutter ließ sich nicht beruhigen. Sie war völlig von der Rolle, im Gegensatz zu mir. Ich beteuerte ihr immer wieder, dass es nach dieser langen Zeit doch fast unmöglich war, dass ich einen Rückfall haben sollte. Ich speiste sie deshalb mit den Worten ab: »Ach, was soll schon sein?«

Wir mussten noch am gleichen Tag ins Zentralklinikum, zu einem Narkosearzt, da die Knochenmarkpunktion gleich am nächsten Tag, einem Freitag, gemacht werden sollte. Frau Doktor F. wollte nämlich, dass die Punktion noch vor dem Wochenende stattfand. Man wusste ja schließlich nie, ob irgendetwas war. So kam es, dass ich am nächsten Tag nicht in die Schule ging und wir ins Krankenhaus fuhren. Ich ahnte natürlich nicht, dass der Tag vorher mein vorerst letzter Schultag gewesen war.

Aus meiner Klasse wusste niemand etwas von dieser Punktion und die wenigsten wussten überhaupt etwas von meiner Krankheit. Ich wollte auch nicht, dass es irgendjemand erfuhr, und erzählte es nur meiner besten Schulfreundin Corinna. Sie war auch die Einzige, die davon wusste, dass meine Werte in letzter Zeit nicht mehr so ganz stimmten, von der Punktion wusste sie jedoch nichts.

Wir kamen bei der Klinik an und gingen hoch in den zweiten Stock zur Onkologie. Die Tür zur Station stand offen. Es herrschte hektischer morgendlicher Betrieb. Ich hörte ein paar Kinder schreien und ich sah die Schwestern durch den Gang eilen. Ich konnte mir in diesem Augenblick nicht vorstellen, dass ich selbst einmal hier auf dieser Station gelegen hatte, dass ich selbst einmal hier dazugehört hatte. Ich kam mir plötzlich wie ein Außenseiter vor, obwohl ich auch oft bei meinen ambulanten Terminen die Schwestern auf der Onkologie besucht hatte. Aber die Besuche waren mit den Jahren immer seltener geworden und es gab immer weniger Krankenschwestern, die ich noch kannte. Irgendwie war ich sogar stolz eine Fremde zu sein. Denn wer zählt sich schon gerne zu den Patienten einer onkologischen Station?
Schließlich entdeckte mich eine Schwester und zeigte mir mein Zimmer für diesen Tag, in dem ich meine Sachen abstellen konnte. Ich war froh, dass ich in einem der beiden Nordzimmer gelandet war, die ganz hinten am Ende des Gangs lagen. So hatte ich ein bisschen Abstand zu den übrigen Räumen und Patienten der Station.
Ich saß also in dem Nordzimmer, hatte Hunger und mir war langweilig. Da ich keine Beschäftigung hatte, beschloss ich, mich ein wenig auf der Station umzusehen. Mal sehen, was sich seit meiner Zeit alles getan hatte. Ich durfte natürlich wieder mal nichts essen, weil ich eine Narkose bekommen

würde. So versuchte ich jedem Essen auf der Station aus dem Weg zu gehen, um das Hungergefühl in meinem Magen besser unterdrücken zu können. Das war aber gar nicht so einfach, denn es war Morgen und alle Leute, d.h. alle Mütter und Kinder bekamen ihr Frühstück. Ich landete schließlich im Spielzimmer, in dem sich seit meiner Zeit auch einiges getan hatte. Die erste und fast auch beste Veränderung, die mir auffiel, war Tanja, eine Erzieherin auf der Station. Sie spielte, bastelte und redete mit den Kindern der Onkologie, wenn ihre Eltern nicht da waren.

Tanja war gerade dabei, sich irgendwelche Bastelsachen zusammenzusuchen. Sie war sehr freundlich und war mir vom ersten Moment an sympathisch. Deshalb kam ich gleich mit ihr ins Gespräch. Tanja war später, als ich wieder auf der Station war, oft bei mir. Wir spielten gemeinsam irgendwelche Gesellschaftsspiele und bastelten zusammen. Wenn Tanja da war, gab es immer etwas zu lachen. Sie konnte aber auch ernst sein, und ich konnte mich sehr gut mit ihr unterhalten. Ich saß also nun im Spielzimmer, in dem es bei weitem mehr Spielzeug gab als früher. Tanja bot mir an etwas zu basteln. Da ich sowieso nicht wusste, was ich in der Zeit, in der ich auf die Punktion warten musste, machen sollte, willigte ich ein. Tanja holte Papierbögen, Scheren, Stifte und was wir eben sonst noch alles brauchten. Während wir nun vor den Papierbögen saßen, setzen wir unser Gespräch fort. Tanja fragte mich, ob ich schon einmal hier auf der Station war, und ich erzählte ihr, dass ich vor fünfeinhalb Jahren mit der Diagnose Leukämie hier eingeliefert worden war und dass die Ärzte jetzt eine Knochenmarkpunktion bei mir machen mussten, da meine Blutsenkung viel zu hoch war.

Kein Zweifel mehr

Schließlich war es so weit. Ich wurde in den Operationssaal abgerufen. In meinem Zimmer musste ich ein weißes O.P.-Hemd anziehen und all meine Klamotten darunter ausziehen. Nachdem ich das gemacht hatte, hüpfte ich schnell in mein Bett unter die Decke, da mir mit dem leichten Hemd kalt war und ich mich schämte, weil ich unter dem Hemd ganz nackt war. Mir war auch der Gedanke, dass ich bei der Punktion splitternackt auf dem Operationstisch liegen würde, nicht gerade sehr angenehm.

Die Untersuchung wurde im Zentralklinikum durchgeführt. Deshalb wurde ich in meinem Bett seit langem mal wieder durch den langen unterirdischen Gang geschoben. Es war schon ein seltsames Gefühl, in einem Bett umhergeschoben zu werden. Ich fühlte mich doch putzmunter und kerngesund.
Als wir schließlich im Zentralklinikum waren, musste ich noch eine Weile im Aufwachraum warten, in dem auch andere Kinder waren, die ihren Eingriff schon hinter sich hatten. Ich wurde allmählich unruhig, denn ich wartete nicht gerade gerne und ich hörte, wie mein Magen laut knurrte. So würde es noch ewig dauern, bis ich etwas zu essen bekommen würde. Aber dann kam ich endlich an die Reihe. Der Narkosearzt trug mich rüber in den O.P. und legte mich auf den O.P.-Tisch. Er spritzte mir die Betäubungsflüssigkeit in die Infusion, die mir zuvor in der Kinderklinik gelegt worden war. Nun begann die Narkose zu wirken. Ein seltsam schläfriges Gefühl überkam mich. Vor Sekunden war ich noch hellwach und plötzlich total müde, alles war nur noch ganz weit weg. Ich fiel von einem Moment zum anderen – mitten in einem Satz – in Tiefschlaf.

Als ich wieder aufwachte, glaubte ich, dass eine Ewigkeit vergangen sei, obwohl das alles nur ungefähr eine Viertelstunde gedauert hatte. D.h. der Eingriff hat vielleicht nur fünf Minuten gedauert und die restlichen zehn Minuten brachte die Narkose mit sich. Die Knochenmarkpunktion an sich war ganz normal verlaufen, wie all die anderen zuvor. Als ich endlich aus meinem »tiefen Schlaf« erwachte und die Augen kurz aufschlug, sah ich das Gesicht meiner Mutter und beruhigt schloss ich sie wieder. Doch die nervende Schwester vom Aufwachsaal wollte mir keine Ruhe lassen. Dauernd redete sie auf mich ein. Ich wünschte mir nichts sehnlichster, als dass sie endlich still gewesen wäre. Deshalb war ich sehr froh, als die Schwester von der Kinderklinik da war, die mich abholen sollte. Sie schob mein Bett raus auf den Flur und wir fuhren durch den langen unterirdischen Gang zurück, durch den wir schon gekommen waren.

Endlich konnte ich weiterschlafen, denn ich war noch immer hundemüde. Ich legte mich auf die Seite, zog mir die Decke über den Kopf und pennte. Als ich wieder in meinem Krankenzimmer war, döste ich immer noch eine Weile. Meine Mutter wurde inzwischen in das Sprechzimmer von Frau Dr. F. gerufen.

Ich wachte schließlich irgendwann wieder auf und hatte nur so im Halbschlaf mitbekommen, wohin meine Mutter gegangen war. Als ich wieder einigermaßen fit war, bemerkte ich, dass ich immer noch diesen dämlichen O.P.-Kittel anhatte und darunter nackt war. Ich angelte mir nun, so schnell ich konnte, meine Klamotten und zog mich an, soweit das mit einer Infusion am Arm möglich war. Zum Glück war ich allein im Zimmer, denn mir wäre es schrecklich peinlich gewesen, wenn mich in diesem Aufzug jemand gesehen hätte.

Als meine Mutter längere Zeit nicht kam, wurde ich langsam ungeduldig und begann zum ersten Mal darüber nachzudenken, ob vielleicht doch etwas sein könnte. Aber ich verwarf diese Überlegung gleich wieder. »Was sollte denn schon sein?« Unmöglich, diesen Gedanken an mich heranzulassen, und deshalb versuchte ich, die Angst, die in mir hochkam, zu verdrängen.
Als meine Mutter ewig nicht zurückkam, wurde ich immer unsicherer. Ich fragte mich ernsthaft, ob die Angst meiner Mutter berechtigt war und ich vielleicht doch einen Rückfall hatte. Meine Frage wurde sofort beantwortet, als Frau Dr. F. mit meiner Mutter in mein Zimmer kam. Das verheulte Gesicht meiner Mutter sprach Bände. Als Frau Dr. F. mir dann sagte, dass ich wieder Leukämie hatte und dass ich nun stark sein und kämpfen müsste, war ich so geschockt, dass ich zuerst nicht einmal weinen konnte.
Mein einziger Gedanke in diesem Moment war: »Die ganze Scheiße noch mal!«

Warum?

Ich durfte über das Wochenende noch einmal nach Hause, weil die Krankheit noch nicht so weit fortgeschritten war wie bei meiner Ersterkrankung, damals mit sieben. Wir packten also schnell alles zusammen und machten uns auf die Socken. Wie gelähmt liefen wir mit verheulten Gesichtern zum Parkplatz, auf dem unser Auto stand. Wir hofften immer noch, dass das alles nur ein böser Alptraum war.
Ich weiß nicht, wie wir die Horrorfahrt nach Hause heil überstanden. Bei der Verwirrung, die sich in unseren Köpfen ausgebreitet hatte, war es wirklich verwunderlich, dass meine

Mutter keinen Unfall baute, denn sie war so wie ich völlig fertig mit ihren Nerven.
In solchen Situationen tut man wohl alles nur noch ganz automatisch, wie ein Roboter. Denn wenn man in so einer Lage noch seinen Verstand benutzen müsste, wäre wahrscheinlich ein Chaos vorprogrammiert. Ich denke, das ist eine Vorsichtsmaßnahme der Natur, und ihr haben wir es zu verdanken, dass wir diese Fahrt heil überstanden haben.

Mein Kopf rauchte, meine Augen brannten und ich hätte am liebsten laut geschrien, aber ich konnte nicht. Ich konnte nicht einmal mehr weinen. Der Schock war zu groß und alles kam so unerwartet. Ich stellte mir krampfhaft immer wieder die eine Frage: »Warum?« Warum musste es gerade mich treffen, es gab doch so viele Menschen auf der Welt. Warum ausgerechnet ich? Warum konnte es nicht jemand anderen erwischen? Ich weiß, das klingt sehr egoistisch. Aber ich war so verzweifelt, dass ich vergaß, dass ich so etwas nicht einmal denken durfte. Ich wollte doch schließlich leben und nicht wieder im Krankenhaus gefangen sein. Sollte alles, was ich mir jetzt aufgebaut hatte, wieder zerstört werden? Warum gerade jetzt, wo ich glücklich war und es mir gut ging? Ich stellte mir eine Frage nach der anderen, doch wo blieben die Antworten? Wo blieb der Sinn?

Als wir dann endlich zu Hause ankamen, fühlte ich mich, als wenn ich gerade in Einzelstücke zerfetzt und wieder zusammengeflickt worden wäre. Ich hatte das Gefühl, dass sich langsam alles aufzulösen begann.
Ich läutete an der Haustür und mein Vater machte auf. Als er unsere niedergeschlagenen, verheulten Gesichter sah, muss er sich wohl schon gedacht haben, was los war. Wir gingen erst ins Haus, bevor wir mit der Sprache rausrückten. Es musste ja schließlich nicht gleich die ganze Nachbarschaft mit-

kriegen, was los war. Ziemlich wahrscheinlich rechnete mein Vater mit keiner guten Anwort auf seine Frage, was los sei. Aber um keine Missverständnisse entstehen zu lassen sprach ich es schließlich aus: »Ich habe einen Rückfall, ich habe wieder Leukämie.« Ich konnte das Entsetzen in den Augen meines Vater sehen, die sich langsam mit Tränen füllten. Auch meine Mutter fing jetzt wieder zu weinen an. Ich jedoch konnte nicht mehr weinen. In mir hatte sich alles aufgestaut.

An diesem Freitagabend rief mich meine Schulfreundin Corinna an und stellte mir am Telefon die Frage: »Bist du krank?« »Ja, ich bin krank. Ich habe wieder Leukämie«, entgegnete ich plötzlich schluchzend. Mit einem Mal konnte ich meine Tränen nicht mehr zurückhalten und begann laut zu weinen. Ich beendete schnell das Telefongespräch und heulte wie ein Schlosshund. All die Tränen, die ich zuvor nicht weinen konnte, platzten nun aus mir heraus.
Als ich mit dem Heulen fertig war, ging es mir wieder ein kleines bisschen besser. Der Druck in mir hatte sich nun endlich mit meiner Tränenflut gelöst. Ich wusste, dass ich jetzt auf keinen Fall nach hinten schauen durfte, nach dem, was damals war. Ich musste im »Heute« bleiben und immer nach vorne schauen.

Die letzten Tage daheim

Dieses letzte Wochenende vor der Chemo wollte ich noch einmal voll ausleben, denn wer wusste schon, wann ich das nächste Mal wieder machen konnte, was ich wollte? Jede Minute dieses Wochenendes war kostbar und deshalb plante ich es genau. Ich wollte die Zeit, die mir noch vor der Behandlung blieb, sinnvoll ausnutzen. Ich wollte noch einmal etwas Normales tun und doch etwas Besonderes.

Am Samstag besuchten mich meine beste Freundin Regina und meine Schulfreundin Corinna. Regina wusste noch nichts von meinem Rückfall. Als ich erzählte, dass ich wieder Leukämie hatte, konnte sie es zuerst gar nicht glauben. Sie meinte, ich hätte einen schlechten Witz gemacht. Aber als ich dann zu weinen begann, begriff sie, dass es weder ein Witz war noch ein böser Traum, sondern die Realität.
Corinna wusste ja bereits von dem Telefongespräch, dass ich einen Rückfall hatte. Aber im Prinzip konnte sie damit nicht viel anfangen. Sie wusste doch gar nicht, was das wirklich für mich bedeutete. Regina hingegen hatte schon meine Ersterkrankung miterlebt und wusste so gut wie ich, dass das alles kein Zuckerschlecken werden würde. Wir versuchten trotz allem diesen Samstag so lustig und schön wie möglich miteinander zu verbringen, doch das gelang irgendwie nicht.
Auch wenn Regina oder mein Bruder Manuel irgendwelche Witze machten und wir darüber lachten, war es kein richtiges, fröhliches Lachen. Es war alles nur gespielt, so eine erzwungene Fröhlichkeit. Wir konnten diese traurige Grundstimmung einfach nicht unterdrücken. Aber obwohl es kein lustiger Nachmittag war, was es ja eigentlich auch gar nicht sein konnte, habe ich mich sehr gefreut, dass die beiden gekommen waren. Wer wusste, wann ich sie das nächste Mal sehen würde?

Corinna wurde später von ihrer Mutter abgeholt und versprach, mich ganz oft zu besuchen und anzurufen. Sogar ihre beiden Schwestern waren dabei, um sich von mir zu verabschieden. Ich war auch fest entschlossen, trotz allem die Schule nicht zu vergessen und alles nachzulernen, denn ich wollte unbedingt in meiner Klasse bleiben.

Regina blieb noch ein bisschen länger, sie wohnte schließlich gleich um die Ecke. Sie versprach mich gleich zu besuchen, wenn ich das erste Mal nach Hause kommen würde. Nach einer innigen Abschiedszeremonie ging schließlich auch sie heim.

Den Sonntag dieses Wochenendes wollte ich mit meiner Familie verbringen und so beschlossen wir einen Ausflug zu machen. Wir fuhren zuerst in ein besonderes Lokal, das etwa eine drei viertel Stunde von unserem Wohnort entfernt ist. Wir wollten es uns noch einmal richtig gut gehen lassen, bevor ich ins Krankenhaus musste. Jeder durfte sich so viel bestellen, wie er wollte, und zum Nachtisch gab es natürlich noch Eis. Als wir uns schließlich alle die Bäuche vollgeschlagen hatten, beschlossen wir einen kleinen Spaziergang zu machen. Wir gingen einen Wanderweg, der über eine Wiese zu einem kleinen Fluss mit Hängebrücke führte. Der Weg war nicht weit vom Lokal entfernt und wir bummelten langsam vor uns hin um das Essen zu verdauen.
Als wir an der Hängebrücke angekommen waren, begannen mein Bruder und meine Schwester plötzlich wild zu rennen. Sie fingen an, polternd über die Brücke zu springen, und ich versuchte mit ihnen mitzuhalten. Aber urplötzlich fühlte ich mich so schwach und krank, dass ich kaum mehr laufen konnte – vielleicht auch nur, weil ich nun wusste, dass ich einen Rückfall hatte. Als wir wieder bei unserem Auto waren, fühlte ich mich ziemlich erschöpft. Mir kam es vor, als wäre ich einen langen Weg gegangen, dabei hatten wir nur einen kleinen Spaziergang gemacht.

Ich durfte mir wünschen, wie wir den restlichen Tag gestalten sollten, und entschied mich dafür, dass wir noch einmal alle zusammen Minigolf spielen sollten. Das taten wir dann schließlich, sogar meine Schwester gab sich einen Stoß und nahm an dem Spiel teil, obwohl sie es sonst hasste. Ich war an diesem Tag nicht gerade sehr gut. Soweit ich mich erinnern kann, wurde ich Letzte, obwohl ich sonst meist Zweite wurde, gleich hinter meinem Vater. Ich fühlte mich so matt und alles erschien mir plötzlich so weit weg, so grau und so sinnlos.

Als wir wieder zu Hause waren, verkleideten wir uns noch einmal und machten die verrücktesten, ausgeflipptesten Fotos, so wie wir es früher oft getan hatten. Es war nur nicht ganz so lustig wie früher, und als die Bilder später fertig waren, sah man den traurigen Ausdruck in unseren Gesichtern, unsere Augen glänzten, den Tränen nahe. Für mich waren diese Bilder aber dennoch sehr wertvoll, denn es waren die letzten Bilder mit meinen Haaren. Ich fragte mich, wie es wohl sein würde, wieder ohne Haare zu sein. Ich band mir ein Tuch um und betrachtete mich im Spiegel, aber ich konnte mir einfach nicht vorstellen, wie es sein würde, wieder einen kahlen Schädel zu haben. Bei meiner Ersterkrankung trug ich immer meinen kleinen pinken Strohhut. Aber jetzt würde es bald Winter werden. Da konnte ich beim besten Willen keinen Strohhut tragen und außerdem kam ich mir dafür zu alt vor. Ich hatte Angst ohne Haare ausgelacht zu werden, nicht akzeptiert zu werden. Ich lief noch den ganzen Abend durch unser Haus und suchte nach einer passenden Kopfbedeckung, fand aber keine.
Schließlich begann ich meine Sachen zu packen. Ich überlegte mir, dass ich morgen um diese Zeit schon längst in der Klinik sein würde, weit weg von meinen Geschwistern und meinem Vater. Als alles fertig gepackt war, fing ich an, mich seelisch auf den Kampf vorzubereiten. Ich hatte Angst vor dem, was jetzt kommen würde.

Abschied von daheim

Am nächsten Morgen klingelte der Wecker in meinem Zimmer. 5.15 Uhr? Hatte ich mich verschaut? Ich musste doch normalerweise erst um 6.00 Uhr aufstehen. Doch da fiel mir sofort wieder ein, dass ich schon um 7.30 Uhr in der Klinik sein sollte. Wir mussten gegen 6.00 Uhr losfahren, da wir mit dem Auto von uns aus mindestens eine Stunde und fünfzehn Minuten brauchten. Meine Mutter und ich frühstückten gemeinsam und packten noch die letzten Sachen, die wir brauchten. Das übrige Gepäck stand im Flur und mein Vater trug es ins Auto, zuerst die Reisetasche, dann mein Radio und was ich eben sonst noch alles mitnehmen wollte. Jetzt waren wir startklar und Abschiednehmen war angesagt.

Mein Vater weckte meine Geschwister, die an diesem Tag für mich ausnahmsweise früher aufstanden. Ich umarmte zuerst meinen Vater, der Tränen in den Augen hatte. Ich habe ihn selten weinen sehen, aber in diesem Moment war er nahe dran. Schließlich umarmte ich auch meine Schwester, wir drückten uns und sie sagte mir: »Machs gut.« Zuletzt verabschiedete ich mich von meinem kleinen Bruder. Ich drückte ihn noch ein letztes Mal und hatte nun selbst Tränen in den Augen. Als ich die Stimme meiner Mutter hörte, »Martina, komm jetzt, wir müssen fahren«, riss ich mich zusammen, stieg ins Auto und wir fuhren los. Ein letztes Mal winkte ich, bis niemand mehr zu sehen war.

Ankunft im Krankenhaus

»Aufwachen, Martina!« Erschrocken fuhr ich hoch. Wir waren da. Schnell rieb ich mir die Augen und streckte mich. Mit einem Mal war ich hellwach, kletterte aus dem Auto und zog mir meine Jacke über. Wir hatten direkt vor der Klinik geparkt, damit wir das Gepäck nicht so weit schleppen mussten. Wir gingen in die Klinik und meldeten mich in der Aufnahme an. Oh, wie erinnerte mich das alles an früher! Als wir auf der Station angekommen waren, standen wir erst einmal mit Sack und Pack vor der Tür, die sich nun nur noch mit der Eingabe einer Codenummer öffnen ließ. Wir klingelten also und warteten geduldig, bis jemand kam und uns aufmachte. Kurze Zeit später kam eine Schwester, die uns die Tür öffnete und mir gleich mein Zimmer zuwies. Ich sollte mein Zimmer mit einem anderen Mädchen teilen, das anscheinend Jana hieß. Jana hatte ihr Gepäck schon vor ihrem Bett abgestellt, da sie auch gerade erst angekommen war, aber von ihr selbst fehlte jede Spur. Nur ihre Mutter saß in unserem Zimmer.

Ich sah mich zuerst mal im Raum um. Dann entdeckte ich einen Schrank und begann langsam meine Sachen auszupacken. Ich hängte meine Kleidung in den Schrank, stellte meinen Kassettenrecorder auf die Ablage über meinem Bett und versuchte noch den anderen Kram, den ich mitgenommen hatte, so in meiner Zimmerhälfte zu verstauen, dass es einigermaßen wohnlich aussah. Natürlich fiel mein Blick auf das Waschbecken im Raum und dabei kam mir der abscheuliche Gedanke, dass ich mich hier waschen musste. Ich überlegte kurz, wie das früher, bei meiner Ersterkrankung war. Dann schimmerte eine blasse Erinnerung durch und mir wurde wieder bewusst, dass ich mich damals auch nur so waschen durfte.

Ich begann darüber nachzudenken, wo ich denn aufs Klo gehen sollte, denn dieses Zimmer hatte ja kein Bad. Ich glaube, ich wurde aus meinen Gedanken gerissen, als Janas Mutter etwas zu mir sagte, und schließlich kam ich mit ihr ins Gespräch. Dabei stellte sich heraus, dass Jana gerade so alt war wie ich und auch die sechste Klasse eines Gymnasiums besuchte. Ihre Mutter erzählte mir, dass sie vor ungefähr zwei Jahren schon auf der Station gewesen war und dass sie eine akute myeloische Leukämie hatte. Sie hatte wahrscheinlich auch einen Rückfall. Die Ärzte wussten es nur noch nicht ganz sicher. Schließlich bekam ich dann Jana selbst zu Gesicht, als sie in unser Zimmer geschickt wurde, weil ihr Blut abgenommen werden musste. Sie schien so gut wie alle Schwestern und Ärzte auf der Station zu kennen und war deshalb ständig auf Achse. Bei mir war das anders. Ich kannte ja fast niemanden mehr und da ich mir plötzlich so fremd vorkam, verkroch ich mich lieber vorerst in meinem Zimmer.

Jana und ich sagten uns flüchtig hallo, denn wir hatten nicht die Zeit und im Moment auch nicht die Gelegenheit uns richtig zu unterhalten, denn mir wurde jetzt ebenfalls Blut abgenommen und ich wurde von einem Arzt untersucht. Danach musste ich zu den verschiedensten Untersuchungen, wie zum Beispiel einem EEG (= Elektro-Enzephalogramm; dabei werden die Gehirnströme gemessen) oder einem UKG (= Ultrakardiogramm; dabei kann man sehen, ob mit dem Herz alles in Ordnung ist), einem EKG (= Elektrokardiogramm; bei dem die Herzfrequenzen überprüft werden), einem Sono (= Sonographie; bei dem die anderen Organe untersucht werden). Ich kann mich nicht mehr genau erinnern, was für Untersuchungen an diesem Tag noch gemacht wurden, denn in den darauf folgenden Tagen wurden auch noch eine Menge andere gemacht.

Als ich nach dem ganzen Stress wieder im Zimmer war, war ich ziemlich geschafft. Da ich den ganzen Tag nur von einer medizinischen Abteilung zur nächsten geschickt worden war, bemerkte ich gar nicht, wie schnell er vorbeigegangen war. Die Mutter von Jana war inzwischen schon nach Hause gefahren, weil sie nicht so weit weg wohnte. Meine Mutter machte sich jetzt auf den Weg in die Elternwohnung, da es schon ziemlich spät war. Die Elternwohnung war eine Übernachtungsgelegenheit für die Mütter von krebskranken Kindern, die weiter weg wohnten. Bei meiner Ersterkrankung gab es diesen »Luxus« noch nicht. Schade, dass nicht schon früher jemand auf diese Idee gekommen ist.
Die Wohnung war nur ein paar hundert Meter von der Kinderklinik entfernt, aber meine Mutter wollte nicht erst allein dorthin laufen, wenn es schon stockfinster war und kein Mensch mehr auf den Straßen unterwegs war. Sie verabschiedete sich also von uns und versprach von der Elternwohnung aus noch kurz anzurufen. Jana und ich hatten in unserem Zimmer ein gemeinsames Telefon, da es nur einen Anschluss im Raum gab. Anfangs war das ein bisschen komisch, wenn es klingelte und man nicht wusste, für wen das Gespräch war, und sich dann eine wildfremde Stimme meldete. Aber wir gewöhnten uns schnell daran und schließlich brauchte ja nicht jeder ein Telefon für sich alleine. Als meine Mutter weg war, schauten Jana und ich noch ein bisschen fern und unterhielten uns schließlich noch eine ganze Weile, bis wir einschliefen. Je länger wir uns unterhielten, umso mehr Gemeinsamkeiten konnten wir feststellen. Es stellte sich sogar heraus, dass Jana einen kleinen Bruder hatte, der genauso alt war wie mein kleiner Bruder.

Es hatte Nachteile und Vorteile, dass ich nun kein Zimmer mehr für mich alleine hatte. Als ich alleine war, konnte ich vielleicht eher tun und lassen, was ich wollte, und musste nicht so sehr auf jemand anderen Rücksicht nehmen. Aber eigentlich hatte ich nicht allzu viele Einschränkungen durch die Anwesenheit von Jana. Im Gegenteil, es war sogar sehr angenehm, eine Zimmergenossin wie sie zu haben. Wir hatten eine Menge Gemeinsamkeiten und außerdem war uns beiden nicht so langweilig, wenn wir gerade keinen Besuch hatten. Wir konnten uns sehr gut miteinander unterhalten, denn schließlich teilten wir beide das gleiche Schicksal.

Haare

Als ich völlig durchgecheckt war, begann die Chemo und mit ihr der Haarausfall. Es war nicht so wie bei meiner Ersterkrankung, dass die Haare erst so nach und nach ausgingen und man nach fünf Wochen noch nicht allzu viel bemerkte. Aber ich bekam jetzt schließlich auch eine stärkere Chemo als bei meiner Ersterkrankung. In den ersten Tagen der Therapie ging es schon los. Jeden Morgen war mein Kopfkissen voller Haare. Wenn ich sie mit einem Kamm zu einem Haufen zusammenkehrte, hatte ich eine ziemlich große Menge in der Hand. Ich traute mich gar nicht mehr, mich zu bürsten, denn wenn ich mir nur leicht durch die Haare fuhr, hatte ich schon ein ganzes Büschel in der Hand. Das war irgendwie ziemlich frustrierend, obwohl ich ja zuvor schon wusste, dass ich eine Glatze kriegen würde. Aber ich war zwölf Jahre alt und mitten in der Pubertät und für mich waren meine Haare eben doch wichtig, auch wenn es natürlich viel Wichtigeres gab.

Als ich die ersten paar Tage auf der Station war und noch alle Haare hatte, war ich sehr stolz darauf. Wenn ich auch weder besonders lange noch dicke hatte, ich hatte zumindest Haare!

Aber bald legte sich mein Stolz wieder und mir blieben wie allen anderen nur noch ein paar Fransen auf dem Kopf. Eine Glatze wäre nun wohl fast hübscher gewesen als diese paar »Federn«. Ich konnte mich aber trotzdem nicht von ihnen trennen, denn ich dachte, so wäre wenigstens noch etwas auf meinem Kopf. Da mir so letztlich aber auch nicht wohl war, bat ich meine Mutter in die Stadt zu gehen um eine schöne Mütze für mich zu besorgen. Als sie ohne wieder zurückkam, war ich sehr enttäuscht. Aber schließlich kam ich doch noch zu einem hübschen Käppi, das mir die Klinikseelsorgerin besorgte, die es nach all den Jahren zum Glück noch immer gab. Ich war sofort hin und weg von dieser Mütze. Sie war in vier Teile unterteilt, wovon einer rot, einer grün und zwei schwarzweiß kariert waren, und sie hatte einen schwarzen Schnabel. Solche Mützen waren zu der Zeit gerade voll in Mode und deshalb hatte ich sie auch immer auf. Ich trug sie überall: zu Hause, in der Klinik und natürlich draußen. Ich lief sehr selten, nicht einmal in der Klinik ohne das Käppi herum. Nur wenn ich gerade im Bett lag, zog ich es mal aus. Ich schämte mich ohne Haare. Ich weiß auch nicht warum. Schließlich konnte ich ja nichts dafür, dass sie mir ausgegangen waren. Es gibt kein einziges Foto aus dieser Zeit, auf dem ich mit Glatze zu sehen bin.
Wenn ich irgendwo war, wo sich andere Leute aufhielten, achtete ich stets darauf, dass ein paar von meinen Fransen unter der Mütze herausschauten und dann fragte ich ständig meine Mutter, ob man so meinen würde, dass ich noch Haare hätte, oder ob man sehen könnte, dass ich eine Glatze hätte.

Später, einige Monate nach der Bestrahlung, als meine Haare wieder zu wachsen anfingen, trug ich noch eine ganze Zeit lang mein Käppi. Denn ich bildete mir ein, man könnte mich für einen Jungen halten, wenn ich nur kurze Stoppeln hatte. Es hat mir nämlich gereicht, dass mich einmal jemand für einen Jungen gehalten hatte und deshalb trug ich nach diesem Vorfall immer meine Ohrringe und meine Mütze.

Als ich wieder in die Schule kam, hatte ich noch ziemlich kurze Stoppelhaare und weil es dann kälter wurde, trug ich wieder meine Mütze, zumindest draußen. Einmal haben sich zwei Mädchen an der Bushaltestelle über sie lustig gemacht. Ich hörte, wie sie über mich tuschelten. Solche Erlebnisse waren anfangs sehr schmerzhaft, aber später dachte ich nur noch: »Lass die Idioten doch reden, die haben doch sowieso keine Ahnung.« Aus meiner Klasse hat sich nie jemand über meine Mütze oder über meine kurzen Stoppeln lustig gemacht, und falls es doch jemand getan hätte, hatte ich mir vorgenommen zu sagen: »Hätte ich lieber sterben sollen um meine Haare zu behalten?«

Der erste Chemoblock

Nach dem Protokoll für die akute lymphatische Leukämie bekam ich neun Therapieblöcke.
Beim ersten Chemoblock ging es mir am dreckigsten. Ich lungerte den ganzen Tag nur im Bett herum und das Einzige, was ich wollte, war schlafen, schlafen und noch mal schlafen. Während des ganzen Chemoblocks habe ich so gut wie nie das Bett verlassen, außer, wenn ich mal musste. Aber auch dann konnte ich mich kaum aufraffen auf den »Klostuhl« zu gehen, der fast neben meinem Bett stand.

Im Übrigen hasste ich dieses verdammte Teil. Nicht mal, wenn ich mal musste, konnte ich meine Ruhe haben. Als ich den Klostuhl zum ersten Mal sah und die Schwestern mir klar-

machten, wofür er im Zimmer stand, konnte ich es zuerst gar nicht glauben. Ich hatte ja noch nie zuvor so ein Ding gesehen und als ich bei meiner Ersterkrankung hier war, hatten meine Mutter und ich ein Zimmer mit Bad und Toilette. Und jetzt sollte ich hier mitten im Zimmer pinkeln, wo jeder vom Balkon aus reinschauen konnte und wo mich jeder Besuch und alle, die sich in meinem Zimmer aufhielten, beobachten konnten? Ich konnte es einfach nicht glauben. Mir war es ja schon immer peinlich genug, wenn mich jemand halb nackt sah, und demnächst konnte es nun sogar vorkommen, dass mich jemand beim Pinkeln beobachtete. Nein, das war einfach zu viel! Aber ich versuchte, meinen Schrecken, den ich beim Anblick dieses Gestells bekommen hatte, und auch meinen Zorn, dass man mir so etwas zumutete, einigermaßen zu verbergen.
Trotzdem war es mir immer furchtbar peinlich, wenn ich ein Geschäft erledigen wollte und jemand anderer im Zimmer war, vor allem wenn Besuch bei Jana da war. Da mein Klostuhl an der Balkontür stand, hüllte ich mich dann meist in den Vorhang ein, damit man mich nicht so gut sehen konnte. Mit der Zeit gewöhnte ich mich zwar einigermaßen daran, weil mir auch gar keine andere Wahl blieb, aber so richtig eben doch nie. Zumindest hatte es in dieser Zeit den kleinen Vorteil, dass ich nicht so weit laufen brauchte, wenn ich aufs Klo musste.

Der eigentliche Grund dafür, dass ich während des ersten Chemoblocks nie mein Bett verließ, waren schreckliche Rückenschmerzen. Ich habe mich da total reingesteigert und war völlig angespannt und verkrampft. Deshalb wurden die Rückenschmerzen nicht besser, sondern immer schlimmer. Ich stand also nicht mehr auf und wurde davon natürlich noch schwächer. Meine Mutter hat mir oft den Rücken massiert und mit Salbe eingecremt. Danach wurde es meistens ein bisschen besser und ich spürte die Wärme, die sie mir entgegenbrachte. Es tat gut, zu wissen, dass sie da war und sich um mich sorgte. Aber schließlich konnte meine Mutter nicht den ganzen Tag an meinem Bett sitzen und mir den Rücken massieren. Und immer wenn ich dann mal alleine war, kam der ganze Frust hoch. Ich hatte überhaupt keine Motivation mehr und all die guten Vorsätze, dass ich stark sein und kämpfen wollte, waren plötzlich wie weggeblasen. Alles erschien mir so sinnlos. Am liebsten hätte ich mich einfach in Luft aufgelöst, um zu vergessen, wie schlecht es mir ging und wo ich mich befand. Ich hätte gern nur noch geschlafen und nicht einmal am Morgen zum Waschen verließ ich mein Bett, geschweige denn zum Frühstück. Sogar meine Zähne putzte ich über der Waschschüssel im Bett. Das Einzige, wozu ich aufstand, war wirklich nur noch, um aufs Klo zu gehen.

Ich hatte während des ersten Blocks ziemlich viel abgenommen. Ich wog nur noch 28 Kilo und sah fast wie ein wandelndes Skelett aus. Ich sah wahrscheinlich schon bald aus wie der Sensenmann persönlich, denn mir waren ja schon ziemlich viele Haare ausgegangen und die paar Fransen, die ich noch auf dem Kopf trug, verstärkten den erbärmlichen Ausdruck meines bleichen Gesichts. Ich hatte so viel abgenommen, weil ich eine ziemlich schlimme Mundschleimhautentzündung hatte. Ich konnte überhaupt nichts mehr beißen und ernährte mich nur noch von Babybrei. Morgens Babybrei, mittags Babybrei und abends Babybrei. Danach konnte ich keinen Babybrei mehr sehen. Dazu kam dann, dass ich sechsmal am Tag und noch zusätzlich in der Nacht Mundpflege machen musste. Dauernd wurde ich in der Nacht geweckt um den Mund wieder mit dieser blauen Tinktur ausgepinselt zu kriegen. Wie hieß sie doch gleich wieder? »Gentiana« – Oh, da kamen wieder alte Gefühle hoch und jetzt war ich wieder mittendrin. Ich hasste dieses Mundpflegen in der Nacht nicht weniger als früher und manchmal war ich nah dran einfach loszuschreien, aber dazu fehlte mir letztlich sowieso jegliche Kraft.

Aber die Mundpflegen waren noch lange nicht das Schlimmste an einer Mundschleimhautentzündung. Es war nämlich nicht nur mein Zahnfleisch wund und entzündet, sondern auch die Rachenhöhle. Das Brennen in der Speiseröhre, das sich durch meine Brust bis zum Magen zog, war manchmal unerträglich. Es fühlte sich ungefähr so an, wie wenn man Alkohol auf eine offene Wunde gießt, und das nicht nur an einer kleinen Stelle. Manchmal dachte ich, meine Brust würde vor stechenden, brennenden Schmerzen zerrissen. Beim Lachen – was in der Zeit zwar nicht allzu oft vorkam –, beim Schlucken und beim Sprechen brannte es besonders.
Ich kann mich noch an eine Situation erinnern, als ich gerade mit einer Mundschleimhautentzündung zu Hause war. Wir schauten uns am Abend einen sehr lustigen Film an. Aber ich musste mir ständig das Lachen verkneifen, weil es so furchtbar wehtat. Manchmal, wenn mich meine Freundin Regina besuchte und sie und mein Bruder blöde Witze machten, bat ich sie aufzuhören, weil es mir in der Brust so sehr brannte.

Aber es war nicht nur der körperliche Schmerz, der mich während dieses ersten Blocks so sehr durchhängen ließ. Der Schock wegen des Rückfalls hatte mich ziemlich tief zurückgeworfen, wenn ich mir auch vorgenommen hatte stark zu sein und zu kämpfen. Außerdem hatte ich schon nach ein paar Tagen sehr schlimmes Heimweh. Mir kam es vor, als wäre es schon eine Ewigkeit her, dass ich das letzte Mal zu Hause war und ein »normales Leben« führte.

Briefe von meinen Geschwistern

26.9.98

Hallo Martina!!!
Wie geht's, wie steht's? Ich hoffe, es geht dir wenigstens etwas gut. Am Sonntag sind wir um ca. 18.15 Uhr daheim angekommen. Wir sind ca. 65 Minuten gefahren. Gut, oder? Über die Autobahn sind mindestens 5000 Vögel geflogen (Ich glaube in den Süden). Das hat vielleicht cool ausgeschaut.
Haben Corinna oder Regi schon mal wieder angerufen? Ohne dich ist es ganz schön langweilig, dann habe ich niemanden mehr, der mir hilft Manu zu ärgern. Und und und. Ich habe die ganzen Blätter vor der Haustür weggeräumt. Hast du den Film, den ich geholt habe, schon angeschaut? Wenn ja, wie war er?
So und nun weiß ich bald nichts mehr zum Schreiben. Ich schlafe ja bald ein. Papa ist noch zu Oma gefahren und bringt die schmutzige Wäsche. Schöne Grüße noch von ihr. Klein-Manu schläft schon. In Mamas Bett. (Ist das gemein)
So und nun höre ich auf für heute. Vielleicht schreibe ich morgen noch was.
Also bis bald

Deine Schwester Susi

P.S. Grüße Mama und Jana von mir!

Diesen Brief schrieb mir meine Schwester während des ersten Chemoblocks, kurz nachdem sie mich im Krankenhaus besucht hatte.

Liebe Tina,
Komm bald wieder heim.
Gute Besserung!
Dein Manu

Diese Worte schrieb mir mein kleiner Bruder auf einen winzigen Notizzettel, den er in einem riesigen Umschlag verpackte.
Es ist zwar kein langer Brief, aber wenige Worte können oft genauso viel wie ein langer Brief aussagen. Ich musste zumindest seit langem mal wieder lächeln, als ich den kleinen Zettel aus dem riesigen Umschlag zog.

Nach Hause

Mir ging es wirklich ziemlich schlecht nach dem ersten Chemoblock, mein Zustand war erbärmlich. Aber die Ärzte ließen mich trotzdem heim, weil sie glaubten, dort würde ich mich schneller wieder erholen. Ich musste nur versprechen, dass ich zu Hause essen und vor allem trinken würde, denn dort bekam ich keine Infusionen mehr. So kam es dann, dass ich am letzten Tag des Chemoblocks nach Hause durfte. Ich war zwar keine fünf Wochen – so wie bei meiner Ersterkrankung – in der Klinik gewesen, aber mir kam es trotzdem vor, als wäre die Zeit stehen geblieben.
Meine Mutter und ich fuhren mit dem Taxi nach Hause, da wir kein Auto hatten. Die Taxen fuhren regelmäßig für die Klinik und die Krankenkasse bezahlte diese Fahrten. Nun waren wir nicht immer auf jemanden angewiesen, der uns abholte, und meine Mutter brauchte auch nicht selbst zu fahren. So konnte sie sich wenigstens beim Heimfahren einigermaßen

entspannen und musste nicht während der Fahrt noch zusätzlich aufpassen, dass mir nicht etwa übel wurde und ich ins Auto kotzte.

Bei meiner ersten Taxifahrt war mir jedenfalls ziemlich übel und ich meinte, mich jeden Moment übergeben zu müssen. Mir war auf einen Schlag so schlecht, weil ich kein Zofran mehr bekam. Zofran ist ein Medikament gegen Übelkeit und Erbrechen und es wirkt Wunder. Das war immerhin schon mal während der Chemo eine erhebliche Nebenwirkung weniger als bei meiner Ersterkrankung. Wirklich schade, dass es dieses Medikament nicht schon ein paar Jahre früher gegeben hatte. Ich musste während des ganzen ersten Blocks so gut wie gar nicht spucken. Mir war zwar öfter mal übel, aber es hielt sich im Vergleich zu früher in Grenzen. Leider bekam ich nun aber kein Zofran mehr, weil der erste Therapieblock beendet war, und die Nebenwirkungen bzw. die Nachwirkungen der Chemo machten sich sehr schnell bemerkbar.
Ich habe während der ganzen Taxifahrt kein einziges Wort von mir gegeben, weil ich Angst hatte kotzen zu müssen, wenn ich den Mund aufmachte. Es war wirklich schon fast ein Wunder, dass ich mich nicht übergeben musste. Außerdem taten mir nach der Fahrt sämtliche Knochen weh, da ich die ganze Fahrt über sitzen musste. Schließlich habe ich während der ganzen Therapie immer nur im Bett gelegen. Meine Muskeln waren total abgeschlafft und jede noch so kleine Bewegung strengte mich tierisch an.

Als wir endlich daheim waren und ich feststellte, dass niemand im Haus war, war ich schrecklich enttäuscht. Ich hatte erwartet, dass alle schon zu Hause auf mich warten würden, und nun war niemand da. Ich legte mich im Wohnzimmer auf das Sofa und meine Mutter deckte mich mit einer warmen Decke zu, da ich plötzlich sehr fror. Ich schaute ein bisschen fern um mich abzulenken. Später kam meine Freundin Regina vorbei, denn sie wollte, wie wir ausgemacht hatten, sofort zu mir kommen, wenn ich wieder daheim war. Wir schauten nun gemeinsam fern und keiner von uns beiden sagte irgendetwas. Ich, weil mir total übel war und mein Mund mir wehtat, und Regi traute sich wahrscheinlich nicht etwas zu sagen. Ich glaube, sie war über meinen Zustand ziemlich erschüttert. Meine Mutter hat mir später einmal erzählt, dass Regis Mutter ihr gesagt hat, dass Regi an diesem Abend zu Hause geweint hat.

Ein Brief an meine Klasse

Während der ersten Wochen meiner Behandlung habe ich einen Brief an meine Schulklasse geschrieben, d. h. meine Mutter hat ihn zu Ende geschrieben, weil ich nicht mehr dazu in der Lage war. Es dauerte auch eine ganze Weile, bis wir diesen Brief fertig hatten und abschicken konnten. Ich musste schließlich meiner Mutter diktieren, was alles hineinkommen sollte, und dazu brauchte ich schon sehr viel Kraft.

4.10.1993

Hallo Klasse 6a!
Entschuldigung, dass ich euch nicht früher geschrieben habe, aber mir ging es letzte Woche nicht so gut. Ich liege nur rum und mir ist dauernd schlecht. Zur Zeit darf ich gerade wieder nach Hause, aber ich kann leider nicht in die Schule kommen, dazu geht es mir viel zu schlecht. Ich kann kaum noch gehen, weil ich zu schwach bin. Wenn ich nur einige Schritte gehe, falle ich schon fast um. Manchmal bin ich sogar zum Reden zu schwach.

In meinem Zimmer liegt übrigens Jana. Sie ist genauso alt wie ich. Hier gibt es auch eine Lehrerin, die so einigermaßen Latein kann. Aber sie hat erst einmal mit mir Unterricht gemacht. Denn mir ist ja immer schlecht und da kann man halt nicht so gut lernen.
Für euch wird sich ja nicht viel verändert haben, seit ich weg bin. Aber für mich hat sich alles verändert. Manchmal denke ich, mein Leben hat keinen Sinn mehr, aber das darf ich nicht denken. Wenn ich wieder gesund werden will, muss ich das halt alles durchmachen. Ihr müsst wissen, als ich sieben Jahre alt war, hatte ich schon mal Leukämie. Darum weiß ich auch noch alles von damals und es war wirklich schlimm. Damals verpasste ich die halbe erste und zweite Klasse, musste sie aber nicht wiederholen. Ich hoffe, ich schaffe es auch diesmal mit Nachlernen. Wenn ihr noch Genaueres über meine Krankheit wissen wollt, fragt am besten Herrn B. Ich vermisse euch alle und hoffe, dass ich es schaffe.
Bis irgendwann

Eure Tina

Hallo Tina,
im Bus fragen schon alle nach dir, deswegen habe ich die Liste gemacht. Die schwarze Angorakatze ist immer noch manchmal da. Die weißbraune lässt sich seltener sehen. Das Zelt steht immer noch an seinem Platz. Im Bus sitzen jetzt immer Bettina oder auch andere neben mir, aber wenn du wieder kommst, kannst du neben mir sitzen. Ich vermisse dich schrecklich und hoffe, dass du bald wieder kommst.
Gute Besserung.

Deine Nikki

Den Brief schrieb mir meine Cousine Nicole. Während der Busfahrt zur Schule saß ich immer neben ihr. Durch den Brief wurde mir bewusst, dass im Prinzip alles gleich geblieben ist wie z.B. das Zelt, das noch immer an derselben Stelle stand oder auch andere Dinge, die wir während der Busfahrt beobachtet haben. Nur ich war eben nicht mehr da. Auf der Liste, von der Nikki in dem Brief spricht, haben alle, die ich im Bus kannte, unterschrieben.

Briefe von der Jugendgruppe

Liebe Martina!
Als ich heute in die Jugendgruppe kam und in die Runde sah, fehlte mir sofort dein Gesicht, und als Regina berichtete, wo du bist, war ich erst traurig. Doch ich möchte dir einen schönen Brief schreiben, denn Traurigkeit gibt es schon genug.
Der Rosenstock, den ich für dich gemalt habe, soll dir Kraft geben, denn er hat feste, kräftige Wurzeln und Zweige, die ihn stützen. Die Farbe der Blätter ist grün – grün ist die Farbe der Hoffnung, des Lebens. Die Rose ist rot wie die Liebe, das Schöne im Leben zu sehen – das darf man nie vergessen, auch wenn dicht daneben die Dornen das Leben schwer machen!
Ich denke ganz fest an dich und habe in meinem Herzen ganz viele gute Wünsche für dich!

Deine F.
(Jugendgruppenleiterin)

Hi Tina!
Wie geht es dir? Ich hoffe, dass es dir gut geht. Wir von der Jugendgruppe denken alle an dich. Bald fahren wir ins Theater »Josef«. Da spielt die Conny mit. Es wäre schöner, wenn du dabei wärst. Heute haben wir in der Schule eine

Reli-Ex geschrieben, ich habe wahrscheinlich eine 1-2.
Was machst du so alles? Hat die Chemotherapie schon begonnen?
Ich wünsche dir ganz gute Besserung und hoffe, dass du bald wieder in die Jugendgruppe kommst.
Also Ciao und alles Gute

Deine Freundin Angela

Hallo Martina
Ich hoffe, dir geht es nicht so schlecht, wie es sich anhört und dass du bald wieder in die Gruppe gehen kannst. Im Sommer ist sicher wieder alles vorbei und wir fahren wieder zum Zelten oder machen einen Ausflug zusammen. Schade, dass du so weit weg bist, sonst würden wir dich auf jeden Fall besuchen. So wissen wir es nicht. Ich, wir vermissen dich alle sehr, ich zumindest. Wir werden uns sicher bald wieder sehen.
Gute Besserung!

Bis bald – Yvonne

Ich erinnere mich noch an den Tag, als ein großer, dicker, bunt bemalter Briefumschlag mit dem Absender »Jugendgruppe« im Krankenhaus ankam. Ich ging regelmäßig zu dieser Jugendgruppe. Wir hatten immer eine Menge Spaß zusammen. Wir bastelten, malten, spielten, sangen oder unternahmen etwas gemeinsam. Im Sommer fuhren wir meistens mit dem Fahrrad zum Zelten und diese Abende am Lagerfeuer waren einfach herrlich.
Tja, nun saß ich im Krankenhaus. Nacheinander las ich die Briefe und schaute mir die Bilder an, die die Leute aus der Jugendgruppe für mich gemalt hatten.
Ich freute mich immer, wenn ich so viel Post bekam, da mir dann nicht so langweilig war und ich mal wieder was von den Menschen hörte, mit denen ich früher zusammen war.

Es waren ziemlich viele Briefe in dem Umschlag, aber ich habe nur diese drei ausgewählt, weil sie mir am besten gefallen haben.

Meine beste Freundin Regina

Regina war eine richtige Freundin. Sie ließ mich nie hängen und wenn ich zu Hause war, besuchte sie mich fast jeden Tag. Sie war in guten und in schlechten Tagen meine allerbeste Freundin. Sie gehörte zu den Menschen, die nicht nur das Schöne mit mir teilten, sondern auch mein Leid.

Wir kannten uns schon, seit wir fünf Jahre alt waren. Wir hatten immer eine Menge Unsinn im Kopf, und es gab fast keinen Tag, an dem wir nicht zusammen irgendwelche verrückten Pläne ausgeheckt hatten. Wenn unsere Abenteuer begannen, dann wurde der kleine Bach, der sich direkt neben der Wiese bei unserem Haus vorbeischlängelte, zum großen, reißenden Fluss und die Steine wurden zu großen Felsbrocken und Schluchten.
Mit Regina konnte man wirklich die herrlichsten Abenteuer erleben. Wir hatten Tag für Tag in unserer eigenen Fantasiewelt gelebt, die für jeden anderen unzugänglich war. Nun waren wir aber in der Realität, und die ist manchmal nicht weniger aufregend als das wildeste Abenteuer. Regina versuchte, so gut es ging, auch die abscheulichen Dinge mit mir zu teilen und zu erleben. Wenn ich zum Beispiel meine Mundpflege machen musste, probierte sie von dem Ampho Moronal (das ist diese Suspension zum Runterschlucken, die die Schleimhäute in der Speiseröhre pflegt und vor Pilzen schützt), ob-

wohl sie wirklich eklig schmeckte. Regina besuchte mich sogar, wenn sie leicht erkältet war, obwohl sie wusste, dass sie dann in meiner Anwesenheit einen Mundschutz tragen musste. Wenn sie mal stärker erkältet war, sah sie ein, dass sie nicht zu mir kommen konnte. Wir spielten oft zu dritt UNO, Regina, mein Bruder und ich. Das war immer besonders lustig. Die beiden brachten mich mit den blödsten Witzen zum Lachen, selbst wenn es mir nicht so gut ging. Regina versuchte immer mich auf die verschiedensten Arten aufzuheitern. Einmal hat sie mir sogar einen Packen Zeitungen (wie Bravo usw.) in die Klinik geschickt, nur damit mir nicht so langweilig war. Wir führten auch manchmal ziemlich lange Telefongespräche, wenn ich im Krankenhaus war. Regina telefonierte oft heimlich, damit ihre Eltern nicht merkten, wie viele Einheiten sie verbrauchte.

Einmal hat sie mir während der Chemo so ein kleines Bild zum Knüpfen geschenkt – und überhaupt war sie immer sehr bemüht mir eine Freude zu machen. Unsere Freundschaft überdauerte meine Ersterkrankung und den Rückfall, insgesamt waren es fast neun Jahre, in denen wir die dicksten Freundinnen waren. Ein bis zwei Jahre nach dem Ende der Therapie ging unsere Freundschaft dann aber schließlich doch auseinander und unsere Wege trennten sich.

Jana

Bei Jana hatte sich längst herausgestellt, dass sie auch einen Rückfall hatte. Wir teilten lange Zeit unser Zimmer und zwischen Jana und mir entwickelte sich eine tiefe Freundschaft. Ich weiß nicht, ob es ein großer Zufall oder einfach unser

Schicksal war, dass wir beide am selben Tag in dasselbe Zimmer mit einem Rückfall eingeliefert wurden und dazu auch noch gleich alt waren.

Wenn es uns gut ging, ärgerten wir manchmal die Schwestern oder zielten mit kleinen Spritzen auf sie und machten sie nass. Wir hörten zusammen Musik, spielten Gesellschaftsspiele und schauten gemeinsam fern. Manchmal unterhielten wir uns auch bis spät in die Nacht.
Als ich während der ersten Therapiepause zu Hause war, ging es Jana plötzlich sehr schlecht. Mein Zustand hatte sich inzwischen wieder verbessert, aber ich musste während der Pausen trotzdem alle zwei bis drei Tage in die Klinik kommen, zur Kontrolle. Dann erkundigte ich mich immer sofort nach Jana und wollte wissen, wie es ihr ging. Sie hatte sehr niedrige Leuko- und Thrombozyten und zu allem Übel musste sie jetzt auch noch eine Pilztherapie bekommen. Jana musste dauernd spucken, weil ihr von der Pilztherapie schrecklich übel war. Das war so schlimm, dass nicht einmal mehr Zofran half. Jana lag ermattet in ihrem Bett und um ihre Augen hatten sich dunkle Ringe gebildet. Es sah so aus, als lägen sie tief in ihren Höhlen. Ich machte mir Sorgen um sie und hatte sogar Angst, dass sie sterben könnte, weil es ihr immer so schlecht ging.

Obwohl Jana so niedrige Blutwerte hatte, kam ich bei meinem zweiten Therapieblock trotzdem noch zu ihr ins Zimmer. Den zweiten Block überstand ich auch wesentlich besser als den ersten. Als ich zum dritten Chemoblock in die Klinik kam, durfte ich nicht mehr zu Jana ins Zimmer. Ihre Blutwerte waren nun so niedrig, dass die Ansteckungsgefahr zu groß war, als dass irgendjemand mit ihr das Zimmer hätte teilen können.

Jana musste eine Knochenmarktransplantation bekommen, da bei ihr die Therapie nicht angesprochen hatte. Zudem kam, dass das Knochenmark ihrer beiden Brüder nicht zu passen schien (und natürlich auch nicht das ihrer Eltern, denn am wahrscheinlichsten ist es, dass das eines Geschwisterteils passt).
Man hatte bei meinen Eltern und Geschwistern auch einen Bluttest gemacht um festzustellen, ob ihr Knochenmark mit meinem übereinstimmt. Das Knochenmark würde natürlich nie hundertprozentig zu meinem passen, aber es sollte so ähnlich wie möglich sein. Ich war damals sehr gespannt auf das Ergebnis der Blutabnahme, obwohl ich wusste, dass ich keine Knochenmarktransplantation brauchte. Als sich dann herausstellte, dass sowohl das Knochenmark meiner Schwester als auch das meines Bruders mit meinem ungefähr übereinstimmt, war ich sehr froh darüber. Diese Tatsache gab mir eine gewisse Sicherheit, um die ich sehr dankbar war.

Noch ein Brief an meine Klasse

Einen weiteren Brief an meine Klasse habe ich in der Klinik während eines Leukotiefs in der dritten Therapiepause geschrieben. In dieser Zeit war ich mit einem kleinen Mädchen namens Nina im Zimmer. Ich musste mich immer wieder wundern, wie viel Kampfgeist dieses kleine Wesen hatte. Sie war so lebhaft und lebendig und es verging kein Tag, an dem sie mich nicht mit Fragen löcherte. »Was machst du da?« »Warum?« »Wieso?« Nina wollte wirklich immer alles ganz genau wissen. Sie konnte ganz schön laut schreien, wenn sie bockig war oder man ihr wehtat, wenn sie irgendwelche

Spritzen bekam oder ihre wunden Mundschleimhäute desinfiziert werden mussten. Aber für eine Dreijährige war sie ziemlich tapfer. Nina war einfach ein süßer Knirps und sie brachte mich oft zum Lachen.

22.11.1993

Hallo Klasse 6a!
Ich habe gehört, dass ihr eine Feier macht. Schade, dass ich nicht dabei sein kann.
Erst kürzlich ist mein Opa gestorben. Ich durfte nicht mal auf die Beerdigung. Das war schlimm für mich.
Ich wurde gerade beim Schreiben von einer Schwesternschülerin unterbrochen, die nächstes Jahr ihr Examen macht. Sie muss etwas über einen Patienten schreiben und da hat sie mich genommen. Sie hat mir ein paar Fragen gestellt und wollte wissen, wie ich mit meiner Krankheit zurechtkomme. Ich habe ihr geantwortet, dass ich manchmal denke: »Warum gerade ich?« Ich habe gesagt, dass ich manchmal denke: »Ich will jetzt nicht mehr und ich kann jetzt nicht mehr.« Ich denke auch oft, wenn ich aufwache, ich hätte das alles nur geträumt. Doch dann sehe ich in den Spiegel, streiche mir über den Kopf und fühle keine Haare, sondern einen kahlen Schädel. Dann weiß ich, dass es kein böser Traum war, sondern Wirklichkeit ist. Ich muss mir selber Mut machen. Ich schaffe das schon, wenn ich mit aller Kraft wieder gesund werden will, überstehe ich die Therapie viel besser.
Ich bin jetzt nicht mehr bei Jana im Zimmer. Sie hat so niedrige Blutwerte, und ihr geht es nicht so gut. Jetzt bin ich mit Nina im Zimmer. Sie ist erst drei Jahre alt und total süß. Man wollte ihr gerade Blut abnehmen. Sie hatte Angst, dass man ihr weh tut. Da habe ich meinen Kuscheltierlöwen genommen und neben sie gesetzt, mit ihr gesprochen und sie abgelenkt. Ich glaube, wenn ich erwachsen

bin, werde ich mal irgendwas, wo man mit Kindern zu tun hat, denn ich mag kleine Kinder sehr gerne, es macht mir Spaß, ihnen zu helfen.
Bleibt alle gesund! Ich muss jetzt leider Schluss machen. Ich vermisse euch alle, bis bald

Tina

Brief von einem Lehrer

9.11.93

Liebe Martina,
heute haben mir deine Klassenkameraden deinen Brief zum Vorlesen gegeben und das hat mich daran erinnert, dass ich dir schon längst schreiben wollte. Damals, als ich deinen ersten Brief las, habe ich dich sehr bewundert. Du hast alles, was dich bewegt, so toll geschrieben!
Ich habe deinen Kameraden erklärt, was Leukämie ist und was bei der Chemotherapie gemacht wird. Dann haben wir ganz fest an dich gedacht und ich glaube, du hast gemerkt, dass wir da im Geiste bei dir waren. Wir glauben daran, dass dir die Behandlung helfen wird, wenn du weiterhin den festen Willen zum Durchhalten aufbringst. Über dein gemaltes Bild und das Foto von dir haben wir uns sehr gefreut. Mich freut natürlich besonders, dass du ein Tier gemalt hast. Dein Bild ist sehr schön und Fabian hat es an der Wandtafel aufgehängt. Wir besprechen in Bio jetzt gerade die Zugvögel und wie die Vögel fliegen können. Du kannst dir vorstellen, dass die 6a wie immer viele Fragen stellt. Besonders Michi fragt einem glatt ein Loch in den Bauch – du kennst ihn ja! Da muss ich ihm ab und zu eine Frage abschneiden, sonst sind wir Weihnachten immer noch beim

selben Thema. Wir haben jetzt eine Woche Ferien gehabt. Das war sehr erholsam.
Für deinen Brief habe ich jetzt die Korrektur an einer Schulaufgabe im Leistungskurs Biologie unterbrochen. Aber das macht nichts, denn der Brief an dich war jetzt wichtiger.
Liebe Martina, ich wünsche dir von ganzem Herzen alles Gute und denke immer an dich.
Meine Frau, der ich von dir erzählt habe, wünscht dir ebenfalls das Allerbeste.
Viele liebe Grüße

Dein Herr B.

Ich bekam natürlich nicht nur diesen einen Brief aus meiner Schule. Ich habe zwischendurch immer wieder Briefe von Klassenkameraden und auch von manchen Lehrern erhalten. Michi, ein Junge aus meiner Klasse, der in dem gleichen Ort wie ich wohnt, hat sie immer aus der Schule mitgebracht und bei uns abgegeben. Auch die Geschenke, die ich von meinen Klassenkameraden bekam, hat er vorbeigebracht.

Weihnachten, Silvester und mein Geburtstag

Die Zeit von September bis Dezember verging, wenn mir auch manchmal Wochen wie Monate und Minuten wie Stunden vorkamen. Weihnachten stand vor der Tür, und ich hatte mir schon ausgerechnet, dass es genau in meine Therapiepause fallen würde. Wenn alles klappte, war ich am Heiligabend zu Hause. Zu dieser Zeit war es auf der Station sowieso ganz leer und ausgestorben.

Die Ärzte schickten fast alle Kinder heim. Nur die »armen Würstchen«, denen es ganz dreckig ging, mussten in der Klinik bleiben. Mir ging es zu der Zeit ganz gut und ich durfte über die Festtage zu Hause sein. Ich genoss die Zeit daheim und erholte mich so richtig. Diese wunderbare Ruhe war einfach herrlich. Ich nahm die Weihnachtsstimmung mit allen Sinnen wahr: den Duft des Weihnachtstees und der Duftlampe, die Wärme in unserem Haus, den Blick auf den kalten Schnee, der es drinnen richtig gemütlich werden ließ, und natürlich das leckere Essen! Ganz besonders freute ich mich über eine Dose Plätzchen, die alle ohne Nüsse gebacken waren, weil ich keine Nüsse essen durfte. Bei meiner schlechten Abwehr hätte ich davon leicht Pilze bekommen können. Eine Nachbarin hatte sie extra für mich gebacken. Auch andere Leute hatten Plätzchen für uns gemacht, weil meine Mutter nicht dazu gekommen war. Sie war ja immer bei mir im Krankenhaus gewesen.

Ich liebte es sonst, anderen Leuten am Heiligabend mit einem Geschenk eine Freude zu machen. Dieses Jahr hatte ich nur nicht allzu viele, weil ich nie zum Einkaufen in die Stadt durfte. Aber dafür bekam ich umso mehr Geschenke, sogar von Leuten, von denen ich es gar nicht erwartet hatte. Von Freunden, Verwandten und Nachbarn bekam ich die verschiedensten Dinge. Ich freute mich sehr darüber, nicht nur wegen der Geschenke, sondern auch weil so viele Menschen an mich gedacht hatten.

Der Heiligabend selbst verlief eigentlich fast so wie immer. Am Vormittag war meine Freundin Regina bei mir und brachte mir ein riesiges Geschenk von sich und von zwei Familien aus unserer Nachbarschaft. Sie flüsterte meinem Bruder ins Ohr, was sich darin befand, und dann ärgerten mich die beiden die ganze Zeit, weil ich als Einzige nicht wusste, was in dem Pa-

ket war. Ich durfte es natürlich erst am Abend aufmachen und war deshalb schon sehr gespannt.
Endlich ging die lange Zeit des Wartens vorbei und es kam zur Bescherung. Ich packte natürlich zuerst das Geschenk aus, das Regina vorbeigebracht hatte. Es war eine Art Computerspiel, das man am Fernseher anschließen musste. Später, während meiner Klinikaufenthalte und der langweiligen Vormittage zu Hause, in denen ich nicht in die Schule gehen durfte, war dieses Spiel eine gute Abwechslung. Allerdings hat es mich manchmal auch vom Lernen für die Schule abgehalten. Von meinen Eltern bekam ich eine neue Mütze, die ich gleich aufsetzte, und natürlich noch einige andere Dinge. Alles in allem verlief das Fest ganz normal. Nur die Fotos von dieser Zeit gefielen mir mal wieder nicht. Ich verglich mich mit meinen Geschwistern und kam zum Entschluss, wie hässlich mein aufgeschwemmtes Gesicht doch war, in das statt Haare nur das Schild einer Mütze hing.

Ich musste auch schon wieder am zweiten Weihnachtsfeiertag in die Klinik zur Untersuchung. Und dann sollte sich entscheiden, wann es mit der Therapie weitergehen sollte.
Natürlich lief es mal wieder nicht so, wie ich es erwartet hatte. Ich wollte nämlich, dass die Chemo schon am zweiten Weihnachstfeiertag weitergehen sollte, sodass ich genau an Silvester nach Hause kommen würde. Ich wusste zwar, dass es mir an diesem Abend nach der Therapie nicht gut gehen würde, weil es mir am Ende jedes Blockes immer dreckig ging, auch wenn ich daheim war. Aber es wäre doch etwas ganz anderes gewesen, wenn ich diesen Tag zu Hause verbracht hätte. Nur leider ging meine Rechnung mal wieder nicht auf. Da meine Blutwerte zu niedrig waren, konnte man erst später mit dem nächsten Chemoblock beginnen und so durfte ich dann Silvester in der Klinik verbringen. Da konnte das neue Jahr gut anfangen, wenn ich blöd im Krankenhaus herumsaß!

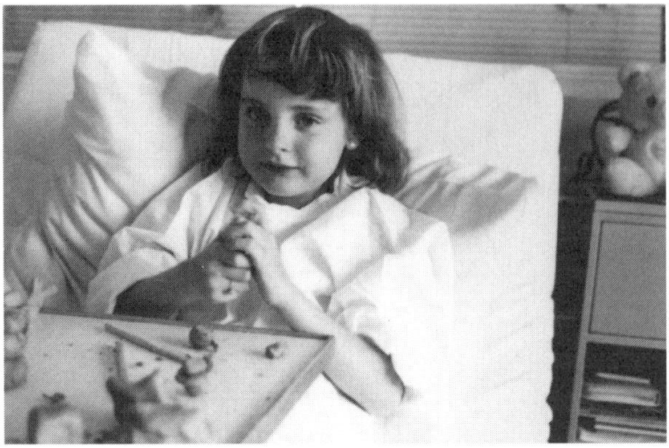

Bei der ersten Behandlung im Krankenhaus. Eines der letzten Bilder mit meinen Haaren.

Bei einer Bergwanderung während einer Chemopause.

Während einer Chemopause. Meine Geschwister und ich schlafen in dem Bett meiner Eltern.

Auf dem Balkon vor der Station – mit Strohhut und Sonnenbrille auf dem Riesendreirad.

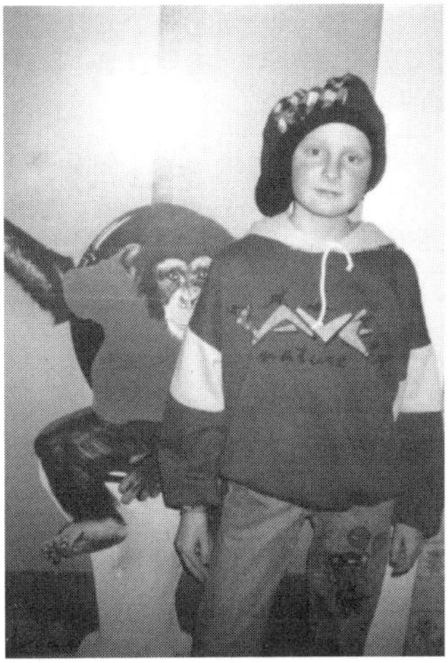

Zu Hause, während einer Chemopause bei meinem Rückfall, mit meinem Lieblingskäppi.

Nach dem Abschluss der stationären Chemo. Meine Haare wachsen wieder.

Mein Vater feierte bei mir in der Klinik Silvester und meine Mutter mit meinem Bruder zu Hause, weil mein Bruder nicht auf die Station durfte. Er war schließlich erst acht Jahre alt und auf die Onkologie dürfen nur jugendliche Besucher ab vierzehn, weil bei denen die Infektionsgefahr für die »Chemopatienten« nicht mehr so hoch ist. Meine Schwester war irgendwo auf einer Party und so war die ganze Familie zerrissen. Mein Vater hatte Punsch und Wunderkerzen mitgebracht. Wir machten den Punsch in der Küche heiß und spielten dann zu dritt ein Kartenspiel, mein Vater, meine Zimmergenossin Silke und ich. Nachdem mir am Kartenspielen die Lust vergangen war, schauten wir, was in der Glotze kam: Nur lauter Leute, die so taten, als würde das nächste Jahr viel besser werden. Stellte sich die Frage, ob es wirklich besser werden würde als das alte. Überall im Fernsehen Jubel, Trubel, Heiterkeit, eben dieses Scheiß-Heileweltgetue. Es konnte doch niemand so tun, als wären die gesamten Probleme des letzten Jahres einfach weg und Vergangenheit – nur weil zufälligerweise der letzte Tag im Jahr war! Schließlich war es dann so weit, es war 24.00 Uhr, das neue Jahr begann. »Ein gutes neues Jahr!« »Ein gutes neues Jahr!« Jeder wünschte jedem ein gutes neues Jahr. Auch die Schwestern kamen zu uns ins Zimmer und stießen mit uns auf »das gute Neue« an. Aber mir war nicht nach Fröhlichsein zumute, am liebsten hätte ich geheult. Nicht mal meine Mutter war hier und überhaupt war alles Scheiße. Ich hatte gar keine Lust auf den Balkon zu gehen und mir die bunten Lichter der Raketen anzuschauen. Ich hörte nur, wie es draußen knallte. Da draußen feierten jetzt fast alle Menschen und waren fröhlich. Zumindest taten sie so.

Mein Vater ging bald, nachdem wir unseren Mitternachtspunsch getrunken hatten, und ich und meine Zimmergenossin Silke beschlossen zu schlafen. Wir knipsten das Licht aus und sagten uns »gute Nacht«. Nun lag ich im Bett und dachte über den heutigen Tag und das ganze Jahr nach. Eigentlich war das Jahr gar nicht so schlecht gewesen, wenn ich mal von den letzten vier Monaten absah. Nur konnte ich von denen leider nicht absehen, weil ich mich gerade mittendrin befand. Und so kam ich zu dem Entschluss, dass es doch keine Rolle spielte, ob ein neues Jahr anbrach, denn die Zeit verging deshalb auch nicht schneller oder langsamer und es änderte sich nichts an der Situation, in der ich mich befand.

Nachdem dieser Therapieblock beendet war, durfte ich nach Hause. Nun war Januar, der erste Monat im neuen Jahr, und mein Geburtstag am 15.1. war nicht mehr weit. Ich wollte an diesem Tag unbedingt zu Hause sein. Da er genau in die Mitte meiner Therapiepause fiel, befürchtete ich schon, ihn mit einem Leuko-Tief im Krankenhaus verbringen zu müssen. Ich beobachtete, wie meine Leukos von Blutkontrolle zu Blutkontrolle sanken. Einen Tag vor meinem Geburtstag musste ich zur nächsten Blutuntersuchung. Ich versuchte meine Leukozyten sogar während der Fahrt zu »hypnotisieren«, durch positives Denken zu beeinflussen. Ich murmelte leise vor mich hin: »Leukos, steigt!« Ich sprach mit ihnen, als ob sie Lebewesen wären. Das tat ich nicht nur dieses eine Mal, sondern immer, wenn meine Leukozyten sehr niedrig waren. Einmal kam ich in der Klinik sogar auf die verrückte Idee, Papierkügelchen in den Mülleimer, den ich ein paar Meter von meinem Bett weggestellt hatte, zu werfen. Jedes Kügelchen, das reintraf, brachte mir 100 Leukos ein. Als ich eine Weile geübt hatte, trafen alle zehn Kügelchen, die ich gemacht hatte, in den Eimer. Das bedeutete, dass ich am nächsten Tag wieder 1000 Leukos haben musste. Ich wartete schon gespannt auf das Blutbild und ich hatte doch tatsächlich am nächsten Tag wieder 1000 Leukozyten. Ob das nur ein Zufall war oder ob das Papierkugelwerfen wirklich funktioniert hat, das steht in den Sternen.

Am Tag vor meinem Geburtstag stand ich im Labor und die Laborantin piekste mir in den Finger, ließ das Blut in ein Röhrchen tropfen und hielt es dann unter den Apparat, der das Blut zählt. Ich war das ja alles schon gewohnt, weil schließlich bei jeder Kontrolle ein Blutbild gemacht werden musste. An diesem Tag war ich aber ganz besonders neugierig auf meine Werte. Ich stand voller Erwartung vor dem Apparat und wartete, bis er meine Werte endlich ausspuckte. »Über 1000«, rief die Schwester vom Labor. Das war einen Jubelschrei wert und meine Hypnose, hatte sie etwa tatsächlich gewirkt? Ich lief, so schnell ich konnte, zum Aufzug und fuhr in den zweiten Stock, trappelte in die Station und verkündete den Ärzten und Schwestern meine erfreuliche Nachricht. Jetzt musste ich nur noch schnell von einem Arzt durchgecheckt werden und dann nichts wie raus aus der Klinik und ab nach Hause.

An meinem 13. Geburtstag machte ich eine kleine Feier, zu der meine Freundinnen Regina und Corinna kamen. Ich hatte Corinna schon lange nicht mehr gesehen und anfangs herrschte eine seltsame Spannung zwischen uns. Jetzt bemerkte ich erst, wie fremd wir uns geworden waren. Als wir alle beim Kuchenessen und Kaffeetrinken saßen, lockerte sich die Stimmung langsam auf. Später kam noch Michi, ein Junge aus meiner Klasse, vorbei. Er brachte mir ein Geschenk von meiner Klasse. Ich war ganz überrascht und freute mich sehr darüber, dass sie meinen Geburtstag nicht vergessen hatten. Nun wollte ich aber wissen, was in dem riesigen Paket versteckt war. Im Nu riss ich das Geschenkpapier auseinander und hielt einen süßen, weichen Riesenteddy in meinen Armen.

Klinikalltag

Blut abnehmen, Fieber messen, aufstehen, waschen, frühstücken, Mundpflege, Blutdruck messen ....
Tag für Tag ging das so und nach schlaflosen Nächten fiel es mir besonders schwer, schon so früh aufzustehen. Manchmal hätte ich die Schwestern am liebsten einfach angeschrien, ob ich in diesem verdammten Krankenhaus denn nie meine Ruhe haben könnte.
Nachts konnte ich nicht schlafen, weil immer irgendwo Licht brannte, die Betten so unbequem waren oder weil der Infusomat mal wieder so laut ratterte oder ständig zu piepsen anfing. Die Infusomaten fangen immer zu piepsen an, wenn die Flasche leer ist oder irgendetwas nicht stimmt. Untertags bot sich ebenfalls nicht immer so viel Gelegenheit zum Schlafen, denn die Schwestern wollten dauernd etwas anderes. Der Tag begann also damit, dass irgendeine Schwester ins Zimmer kam, den Vorhang aufriss und »aufstehen« schrie. Ganz so schlimm war es natürlich nicht, obwohl manche Schwestern beim Aufwecken ziemlich energisch sein konnten. Es gab auch andere Schwestern, die wesentlich sanfter vorgingen. Ich musste eben Glück haben mit dem Frühdienst, der für mich zuständig war. Einige Schwestern zeigten selbst am Wochenende keine Barmherzigkeit und bestanden darauf, dass ich früh aufstand. Andere wiederum ließen mich länger schlafen und kümmerten sich zuerst um die Kleineren.
Unter der Woche musste ich meist um 7.30 Uhr aufstehen. Zuerst wurde mir Blut abgenommen und das manchmal, wenn ich noch halb schlief. Aber mit dem Hickmankatheter war das ja kein Problem. Ich musste nur ruhig auf dem Rücken liegen bleiben und mein Oberteil hochkrempeln, sodass die Schwestern an den Katheter kamen. Was man nicht alles tut,

nur um ein bisschen länger schlafen zu können. Bei den Blutkontrollen während der Therapiepausen zu Hause wurde mir das Blut nicht aus dem Katheter, sondern aus dem Finger abgenommen. Wenn nur so wenig Blut gebraucht wurde, ging man nicht extra an den Hickmankatheter. Danach musste ich Fieber messen, und wenn ich Glück hatte, durfte ich dann noch ein kleines bisschen weiterschlafen.
Irgendwann, spätestens, wenn die Schwester das Bett frisch beziehen musste, wurde ich endgültig aus dem Bett geworfen. Da gab es selbst bei der sanftesten Schwester kein Pardon mehr. Dann ging es ans Waschen. Duschen konnte ich ja wegen des Katheters nicht. So durfte ich mich am Waschbecken säubern. Jedes Kind hatte eine eigene Waschschüssel. Es war beinahe wie im Mittelalter, als sich die Leute auch in solchen komischen Schüsseln wuschen. Manchmal durfte ich sogar baden. Doch dazu musste ich wiederum in das Badezimmer der Station und wenn ich unter 1000 Leukos hatte, war das einfach nicht drin. Außerdem fand ich es nicht gerade toll, dass es für das Bad keinen Schlüssel gab, denn meistens war ohnehin meine Mutter dabei, wenn ich in der Wanne planschte, und was hätte da schon groß passieren können? Na ja, allzu wild konnte ich ja sowieso nicht toben, weil mein Katheter nicht nass werden durfte. Da ich außerdem meistens an der Flasche hing, wenn ich auf der Station war, musste ich noch auf »meinen Schlauch« aufpassen. Wie kompliziert ein Bad doch sein konnte. Das hätte ich früher auch nie gedacht.

Wenn ich das alles hinter mir hatte, gab es endlich Frühstück. Meine Mutter kam meist zu dieser Zeit von der Elternwohnung in die Kinderklinik, wo sie ebenfalls ihr Frühstück bekam. Öfter kam sie auch später, dann rief ich sie in der Früh in der Elternwohnung an. In den Chemopausen während eines Leuko-Tiefs oder einer Infektion war sie manchmal zu Hause.

Wenn es mir nicht ganz so schlecht wie bei der Therapie ging, kam es sogar mal vor, dass sie erst so gegen 10.00 oder 11.00 Uhr auf der Station eintraf. Dann musste ich eben allein frühstücken.
Manchmal schmeckte mir das Essen am Morgen besser, mal nicht so. Das lag nicht daran, dass das Essen nicht gut war, sondern daran, dass ich oft einfach keinen Hunger hatte oder mir nicht ganz wohl war. Ich würgte dann nur ein paar Bissen hinunter, damit sich die Schwestern zufrieden gaben.

Nach dem Essen Zähne putzen, das hieß für mich: nach dem Essen Mundpflege. Jetzt hatte ich endlich vom Frühstück einen guten Geschmack im Mund, da musste ich wieder mit diesem ekelhaften Zeug ausspülen. Wenn ich schließlich auch das hinter mich gebracht hatte, hatte ich meine Pflichten für den Vormittag erledigt. Das heißt, irgendwann im Laufe des Vormittags wurde noch der Blutdruck überprüft, was aber nicht weiter schlimm war. Den Rest der Zeit verbrachte ich meist mit dem Warten auf meine Blutwerte, die so gegen Mittag eintrafen.

Ich wusste manchmal nicht, wie ich den ganzen Vormittag über die Zeit totschlagen sollte, und vor allem, wenn ich gerade mit einem Leuko-Tief in der Klinik saß, hielt ich es vor Neugierde kaum aus, bis meine Blutwerte da waren. Wenn es mir einigermaßen gut ging, machte ich mit Frau W., der Krankenhauslehrerin, Unterricht. Frau W. war neu; die alte Kliniklehrerin war in Pension gegangen. Frau W. und ich, wir hatten uns längst darauf geeinigt, nur Latein zu machen und Mathe unter den Tisch fallen zu lassen. Bruchrechnen und Prozentrechnen waren sowieso kein Problem für mich und außerdem hatte ich genug mit Lateinlernen zu tun. Mit Frau W. machte es wirklich Spaß zu lernen. Sie verstand es, wenn ich mal keine Lust hatte oder nicht lernen wollte, weil es mir

nicht so gut ging. Sie konnte auch einfach nur so neben mir an meinem Bett sitzen und meine Hand halten. Sie konnte mir zuhören, wenn ich ihr etwas erzählte, und sie versuchte immer zu verstehen, was ich ihr sagen wollte. Ich konnte mich wirklich fantastisch mit ihr unterhalten.
Frau W. kam ungefähr zur gleichen Zeit wie Jana und ich auf die Station und wir waren so ziemlich die ersten Kinder, die sie unterrichtet hat. Als ich noch bei Jana im Zimmer war, hat sie uns oft kleine Geschenke mitgebracht. Einmal ein Tuch mit Perlen und ein anderes Mal ein Adressbuch. Frau W. gehörte einfach zur Station und ohne sie wäre es manchmal ganz schön langweilig gewesen.

Wenn ich dann am Vormittag irgendwie meine Zeit totgeschlagen hatte oder etwas Sinnvolles getan hatte, kam irgendwann das Mittagessen, das immer noch ganz genauso wie früher schmeckte. Deshalb rührte ich meist nicht viel davon an. Manchmal hatte ich um 11.30 Uhr, wenn es normalerweise Essen gab, auch einfach noch keinen Hunger, dann machte mir meine Mutter das Essen später in der Mikrowelle warm.

Die Nachmittage in der Klinik verbrachte ich so gut wie immer mit meiner Mutter oder mit Tanja. Wir spielten meistens irgendwelche Gesellschaftsspiele oder wir bastelten etwas zusammen. Manchmal saßen wir mit den anderen Kindern und Müttern im Elternzimmer und aßen Gebäck und unterhielten uns. Ich mochte diese Nachmittage, auch wenn meistens nicht sehr viele andere Kinder da waren, weil viele von ihnen in ihren Zimmern bleiben mussten oder ihren Mittagsschlaf hielten. Aber ich unterhielt mich manchmal auch gerne mit den Müttern. So sah und hörte ich wenigstens mal wieder ein paar andere Menschen. Am meisten liebte ich das Gebäck bei diesen Nachmittagen. Denn alles, was nicht von der Klinik kam, schmeckte sowieso schon viel besser. Einmal in der Woche gab es sogar einen »offiziellen« Elternkaffee, bei dem meist eine Mutter, deren Kind früher selbst einmal auf der Onkologie gelegen hatte, kam und Kuchen mitbrachte. An diesen Nachmittagen war das Elternzimmer dann immer besonders voll. Wenn sich mehrere Kinder darin aufhielten, gab es ein riesiges Durcheinander mit den ganzen Infusomaten und Infusionsständern. Ich musste dann immer aufpassen, dass sich die Schläuche der einzelnen Kinder nicht mit meinem Schlauch verhedderten.

Wenn ich allein im Zimmer war oder nicht raus durfte, weil meine Leukos zu niedrig waren oder wenn ich einfach niemanden sehen wollte, vertrieb ich meine Zeit damit, Briefe zu schreiben, zu lesen, zu malen, zu basteln oder fernzusehen. Vielleicht denken jetzt manche Leute: So kann man's aushalten, wenn man den ganzen Tag nichts tun muss und sich nur vergnügen kann. Aber auch diese Unterhaltungsmöglichkeiten konnten auf die Dauer ganz schön langweilig werden. Den ganzen Tag Fernsehschauen ist schließlich doch nicht das Wahre. Ich hätte mir oft Besuch gewünscht. Aber es kam so gut wie nie jemand. Die Leute aus meiner Klasse waren alle noch zu jung, denn es dürfen ja erst Jugendliche ab 14 Jahren auf die Station. Außerdem war die Klinik so weit von unserem Wohnort entfernt, dass vielen diese Strecke einfach zu mühselig war. Auf der anderen Seite war es sogar gut, wenn niemand kam, dann konnte wenigstens niemand einen Infekt in mein Krankenzimmer tragen. Das änderte natürlich trotzdem nichts daran, dass es mit der Zeit ziemlich fade war, wenn ich mich immer selber beschäftigen musste. Wenn es gar zu langweilig war, dann verpennte ich eben den ganzen Nachmittag, sofern mich keine Schwester zur Mundpflege, zum Fieber- oder Pulsmessen oder zu irgendetwas anderem weckte. So hatte ich dann wenigstens wieder ein bisschen Schlaf nachgeholt, der mir in der Nacht fehlte.

Die Abende in der Klinik verbrachte ich so gut wie immer mit meiner Mutter. Wir aßen meist gemeinsam, aber das war nur möglich, wenn ich über 1000 Leukos hatte. Wir tauschten dann ab und zu etwas von unserem Abendessen aus. Ich trank z. B. den Früchtetee von meiner Mutter, der leider nur bei ihrem Essen dabei war. Nach dieser letzten Mahlzeit blieb meine Mutter noch eine Weile, je nachdem, ob sie in der Elternwohnung übernachtete oder nach Hause fuhr.
Was ich den übrigen Abend noch alles tat, hing ganz davon ab, mit wem ich im Zimmer war. Wenn ich mit jemand in meinem Alter oder mit jemand Älterem den Raum teilte, unterhielten wir uns meistens noch eine ganze Weile oder schauten gemeinsam fern. Wenn ich mit jüngeren oder mit ganz kleinen Kindern im Zimmer war, schaute ich entweder alleine fern, las noch irgendetwas oder schlief wie sie schon früher.

Schlaflose Nächte

Schlaflose Nächte gab es nicht nur in der Klinik, sondern auch zu Hause. Im Krankenhaus war es nachts so unruhig und hell. Aber wenn ich nach einem Chemoblock wieder zu Hause war, war es plötzlich so still und dunkel, fast unheimlich. Die ersten Nächte daheim nach der Chemo waren immer schrecklich. Ich musste mich zuerst wieder an mein Zimmer und vor allem an mein Bett gewöhnen. Ich hatte zu der Zeit noch ein Stockbett. Und da ich unten schlief, bekam ich in diesen Tagen manchmal Platzangst. Ich konnte mich kaum rühren, da mir sämtliche Knochen und Glieder wehtaten, und fühlte mich plötzlich total eingeengt.
Ich konnte oft nicht schlafen, weil mir alles wehtat, und manchmal brannte meine Speiseröhre. Manchmal wachte ich

in der Nacht auch einfach auf und konnte nicht wieder einschlafen, obwohl ich todmüde und erschöpft war. Einige Male musste ich mich auch schon übergeben, deshalb stellte meine Mutter vorsorglich immer einen Eimer vor mein Bett. Manchmal habe ich sogar urplötzlich Nasenbluten bekommen und saß dann mal wieder die halbe Nacht im Bad und wartete, dass es endlich zu bluten aufhörte. Wenn es ewig nicht aufhörte, weckte ich ab und zu selbst mitten in der Nacht meine Mutter. Ich bekam dann Panik. Und manchmal, wenn ich ziemlich fertig war, fing ich sogar an zu heulen. Einige Male, wenn ich so müde war, dass ich die Augen kaum noch aufhalten konnte, setzte ich mich einfach in irgendeine Ecke im Bad und schlief halb ein, während ich mir das Taschentuch fest auf die Nase drückte. Nach spätestens ein bis allerhöchstens zwei Stunden hörte es wieder auf und ich fiel erschöpft in mein Bett. Irgendwann schlief ich dann natürlich wieder ein, egal, ob nach Nasenbluten oder sonstigen nächtlichen Störungen. Da ich von den anstrengenden Nächten am Morgen immer sehr müde war, verpennte ich meist den halben Tag. Aber daheim hatte ich ja endlich Ruhe.

In der Zeit nach den Therapieblöcken kam ich manchmal zu meiner Mutter ins Bett, wenn ich nicht schlafen konnte, weil mir alles wehtat oder ich von einem Alptraum geweckt worden war. Bei ihr schlief ich dann meistens sofort ein. Ich brauchte dieses Gefühl der Geborgenheit. Ich fühlte mich einfach sicherer, wenn ich nicht alleine war, wenn es mir schlecht ging. Das war schon so, als ich noch klein war und Alpträume hatte oder mich vor Vampiren oder anderen Schreckgestalten fürchtete. Sobald ich im Bett meiner Eltern lag, fühlte ich mich sicher.

Mehrere Tage nach den Chemoblöcken konnte ich auch wieder besser schlafen und die Nächte zu Hause wurden fast so

angenehm wie früher. In der Klinik war das anders. Selbst wenn es mir gut ging, konnte ich dort nicht richtig schlafen. Das helle Licht, das vom Gang ins Zimmer schien, und das Rattern der Infusomaten machte mich manchmal beinahe wahnsinnig. Ich zog mir schon immer das Kissen über den Kopf, damit ich nichts mehr hörte und nichts mehr sah. Aber ich wachte doch immer ein paar Mal in der Nacht auf. Wenn ich nicht von dem grellen Licht oder von irgendwelchem Lärm geweckt worden war, musste ich zumindest einige Male in der Nacht aufs Klo. Besonders schlimm war es, wenn ich am Abend Lasix (= harntreibendes Medikament) bekommen hatte. Dann wachte ich ständig auf, weil ich aufs Klo musste. Wenn ich schließlich eingeschlafen war, wachte ich meistens schon in der Früh um 6.00 Uhr wieder auf, wenn die Schwestern in dem Vorzimmer ihre Übergabe machen mussten. Sie bemühten sich zwar immer, sehr leise zu sein. Aber manchmal erzählte eben wieder irgendjemand etwas Lustiges und alle mussten lachen und schon war ich wach.
Andere Kinder oder Jugendliche störte das wohl gar nicht so, denn sie schliefen trotz allem wie die Murmeltiere. Aber da ich so einen leichten Schlaf hatte, wurde ich schon beim kleinsten Geräusch wieder wach, und das eben auch bei der Übergabe.

Brief von Dr. H.

16.1.94

Liebe Martina,
ich habe mich sehr über deinen Brief gefreut und habe dann einen großen Schreck bekommen, als ich gelesen habe, dass du einen Rückfall hast. Ich weiß noch, wie du

mir geschrieben hast, dass du keine Tabletten mehr nehmen musst. Da ist es ein kleiner Trost, dass du die Therapie ganz gut verträgst und dass du noch einige Schwestern kennst. Ich wünsche dir von ganzem Herzen, dass alles wieder gut wird und du bald wieder in die Schule gehen kannst. Zu dem Wechsel aufs Gymnasium gratuliere ich dir noch nachträglich. (...)
Viele herzliche Grüße von uns allen auch an deine Familie
Dein Dr. H.
Wir denken an euch , dass ihr diese schwere Zeit gut bewältigt und dass sie nicht nur schwer ist.

Das war der letzte Brief, den ich von Dr. H. bekommen habe. Ich habe ihm während der Chemo nicht mehr zurückgeschrieben und der Kontakt ist schließlich abgebrochen.

Brief aus der Schule

6.1.94

Liebe Martina!
Es ist schon lange her, aber ich erinnere mich noch genau an die Mathe-Stunde, in der deine Mitschüler sehr betroffen waren und mir sagten, dass du dich einer Chemotherapie unterziehen musst. Ich war sehr erschrocken und sehr traurig, vor allem als ich erfuhr, wie lange das dauern wird. Außerdem weiß ich, dass eine solche Therapie im Allgemeinen äußerst unangenehm ist. Und wenn ich an deine Briefe denke, die du deiner Klasse geschrieben hast, so war dies gerade zu Beginn der Behandlung tatsächlich so. Natürlich bat mich die 6a, deine Briefe in der Mathe-Stunde zu lesen bzw. vorzulesen. Dabei gewann ich ein wenig den Eindruck,

dass es dir inzwischen nicht mehr ganz so schlecht geht wie am Anfang, und ich hoffe, dass die Besserung ständig Fortschritte macht und du am Ende der Behandlung wieder vollkommen gesund bist.
Wie hast du das Weihnachtsfest verbracht? Konntest du zu Hause sein, im Kreise deiner Familie? Na ja, Geschenke zu bekommen ist schon erfreulich, aber es gibt Wichtigeres, das weißt du nur zu gut. Soll ich dir erzählen, was das Christkind mir gebracht hat? Ich konnte es kaum glauben. (...)
Natürlich möchte ich dir auch ein wenig über das erzählen, was wir in der 6a in Mathematik gemacht haben. Nun zunächst haben wir mit Bruchteilen gerechnet (...) Tja, dies haben wir durchgenommen, und dann waren alle Schüler (und Lehrer) froh, dass die Weihnachtsferien begannen. Und wenn ich heuer auch viel arbeiten musste in den Ferien, so hat man insgesamt doch mehr Ruhe und freie Zeit als während der Schulzeit. Und da kommt man dann zu manchen Dingen, die man schon längst machen wollte, aber dann kam das ein oder andere wieder dazwischen (...) denn eigentlich wollte ich dir ja schon lange schreiben, aber während der Schulzeit habe ich es einfach nicht geschafft.
Trotzdem dachte ich oft an dich, denn immer wenn ich in die 6a komme, werde ich an dich erinnert. Und dann wünsche ich mir, dass du wieder an deinem Platz sitzt. Ich habe einmal in einem Buch gelesen, dass solche Vorstellungen durchaus nicht unwichtig sind und schon etwas bewirken können. Hast du das auch schon mal gehört oder gelesen? Ich jedenfalls glaube schon daran. Aber man darf natürlich nicht denken, dass man sich hinsetzt, sich vorstellt, man ist gesund, und im nächsten Moment gibt es einen riesigen Knall, und schon ist man gesund. Nein, das dauert schon seine Zeit! Und es braucht schon eine große Portion Kraft und Geduld!

Liebe Martina,
ich hoffe, du hast dich über meinen Brief ein wenig gefreut (auch wenn es eine halbe Mathe-Stunde war, aber Mathe magst du doch auch gerne, nicht?).
Und ich wünsche dir, dass du wieder ganz gesund wirst, und dass du bis dahin die nötige Geduld und Kraft aufbringst.
Viele Grüße,
auch an deine Eltern,
von deinem Herrn D.

Ärzte und Schwestern

Im Allgemeinen waren alle Ärzte und Schwestern auf der Station ganz o.k. Natürlich gab es auch die ein oder andere Schwester, die ich nicht so gerne mochte, aber im Großen und Ganzen bemühten sich alle, den Kindern den Klinikaufenthalt so angenehm wie möglich zu machen. Bei den Ärzten war das genauso. Da seit meiner Ersterkrankung über fünf Jahre vergangen waren, waren natürlich neue Ärzte und viele neue Schwestern auf der Station. Darunter befand sich eine junge Ärztin, die ich besonders gern mochte. Ich hatte viel größeres Vertrauen zu ihr als zu den anderen Ärzten auf der Station. Vielleicht weil sie eine Frau war. Aber ich glaube, das war nicht der einzige Grund, weshalb ich Frau Dr. K. so gern mochte. Sie hatte so eine offene freundliche Art und sie konnte sehr gut mit den Kindern auf der Station umgehen und mit ihnen sprechen. Sie nahm mich immer ernst und behandelte mich nicht wie ein kleines Kind, das von seiner Krankheit keine Ahnung hat. Frau Dr. K. entschied nie einfach so über meinen Kopf hinweg, wenn es eine Sache über mich zu besprechen gab. Sie erklärte mir ruhig, was als Nächstes kommen würde, und versuchte mir nichts zu verheimlichen.

Mit den Ärzten und Schwestern der Station konnte man manchmal sogar richtig Spaß haben und rumalbern. Spaß hatten wir an dem Nachmittag, als Schwester Christiane, Frau Dr. K. und ich in meinem Zimmer saßen und Musik hörten, nämlich den zu der Zeit größten Hit in den Charts: »What's up«. Wir hatten das Radio voll aufgedreht, natürlich nur ganz kurz für diesen Song, und für einen Moment hätte ich beinahe vergessen, dass ich mich in einem Krankenhaus mit einer Schwester und einer Ärztin im Zimmer befand.
Wenn nicht so viel los war auf der Station, d.h. wenn nicht so viele Kinder da waren, hatten die Schwestern manchmal Zeit, irgendetwas mit uns zu spielen. Meistens hatten sie zwar doch etwas zu tun, aber wenn sie mal Zeit hatten, war es immer recht lustig. Vor allem unsere »Nassspritzaktionen« waren immer irre komisch. Wir, das heißt meistens Jana und ich, füllten dann kleine, manchmal sogar etwas größere Spritzen mit Leitungswasser oder einfach nur mit Luft und erschreckten die Schwestern, die natürlich immer zu so einem Spaß aufgelegt waren.

Natürlich ging es nicht immer so lustig zu, dass die Schwestern von den Kindern mit Spritzen durch die Station gejagt wurden. Wenn ich zum Beispiel mal schlecht drauf war, hätte ich das gesamte Personal am liebsten auf den Mond gewünscht. Manchmal meinten es die Ärzte und Schwestern auch zu gut. Auf der Station nahm man alles sehr genau und alles war sehr streng. Es war zwar nicht mehr so wie früher, aber manchmal hätte es meiner Meinung nach nicht geschadet, wenn sie alles ein kleines bisschen lockerer genommen hätten. Natürlich waren diese Vorsichtsmaßnahmen alle nur zum sicheren Schutz unserer Gesundheit. Aber es spielt eben nicht nur die körperliche, sondern ebenso die psychische Gesundheit eine große Rolle.

Wenn ich länger in der Klinik war, glaubte ich manchmal, dass ich das alles nicht mehr ertragen könnte. Immer gefangen zu sein im Krankenhaus und nie Kontakt zu anderen Menschen und der Außenwelt zu haben! Als ich mich nach der Krankheit wieder in der Außenwelt zurechtfinden musste, fiel mir das aber auch wieder sehr schwer. Vielleicht, weil die Chemotherapie einen eben meilenweit vom normalen Leben absonderte – ob man nun wollte oder nicht. Inzwischen ist auf der Station alles viel lockerer geworden. Die Patienten haben viel mehr Freiheiten und das ist nicht unbedingt das Schlechteste.

Schmerz

Jeder Mensch muss seinen körperlichen Schmerz auf seine eigene Weise zu ertragen lernen. Manchen Menschen hilft es, laut zu schreien, ihren Schmerz hinauszubrüllen, andere versuchen ihren Schmerz für sich zu behalten und an etwas anderes, Schönes zu denken. Für mich trifft das Zweite zu. Ich bin ein eher ruhiger, stiller Mensch und manchmal traute ich mich auch gar nicht laut zu brüllen. Ich war früher auch der Meinung, dass jemand nicht tapfer ist, wenn er schreit, wenn ihm etwas wehtut. Aber es ist durchaus keine Schande zu schreien, wenn man solche Schmerzen verspürt, dass man es nicht mehr aushalten kann. Ich jedenfalls hielt meistens irgendetwas krampfhaft fest und biss die Zähne fest zusammen.

Am meisten Angst hatte ich vor den Lumbalpunktionen und den Crasnitinspritzen. Wenn mir am Ende jedes Blocks für das Crasnitin die Nadel tief in meinen Oberschenkel hineingestochen wurde, spürte ich einen furchtbar ziehenden, stechenden Schmerz im Oberschenkel. Es tat wirklich höllisch weh und wenn das Medikament in meinen Muskel eindrang, hatte ich das Gefühl, ein Krampf hätte sich über mein ganzes Bein ausgebreitet und ich würde das Bein gleich nicht mehr bewegen können. Ich wollte deshalb, dass meine Mutter immer bei den Spritzen dabei war. Wenn sie mir die Hand hielt und ich einfach zudrücken konnte, tat das unheimlich gut. Ich spürte, wie sie auf eine gewisse Weise meinen Schmerz mit mir teilte. Bei den Lumbalpunktionen war das völlig anders. Ich bekam ein Schlaf- bzw. Betäubungsmittel (meistens Valium) und bekam dann alles nicht so bewusst mit.

Die schrecklichste Lumbalpunktion erlebte ich Ostern 1994. Ich bekam zuerst Valium wie immer. Einige Minuten nach dem Spritzen des Betäubungsmittels wurde ich in den Eingriffsraum gebracht und auf den Behandlungstisch gelegt. Ich war benebelt und konnte alles nur noch verschwommen und schummrig wahrnehmen. Alles um mich drehte sich. Ich hörte Stimmen und spürte, wie mich Arme packten. Die Dienst habende Ärztin, also der Sonntagsdienst, wollte mich im Sitzen punktieren. So wurde ich also hochgezogen und die Schwestern hielten mich krampfhaft fest, sodass ich mich nicht mehr bewegen konnte. Ich hätte diesem Sonntagsdienst am liebsten gründlich meine Meinung gesagt, denn kein Arzt hatte mich je im Sitzen punktiert, zumindest nicht, dass ich es mitbekommen hätte.
Aber Widerstand zu leisten wäre ohnehin zwecklos gewesen, denn dazu fehlte mir jede Kraft und außerdem wurde ich ja von allen Seiten festgehalten. Es war unglaublich: Nach vier Einstichen hatte die Ärztin immer noch keinen brauchbaren

Liquor (Flüssigkeit im Lumbalsack, der das Rückenmark umgibt) mit der Spritze abgezogen! Der Liquor muss nämlich ganz klar sein und es darf kein Blut darin sein. Die Ärztin gab es schließlich auf. Ein anderer Arzt versuchte nun sein Glück und nach insgesamt sechs Einstichen hatten sie es dann endlich geschafft. Während ich dort auf dem Tisch lag, kam ich mir vor wie ein Versuchskaninchen unter dem Messer lauter »Verrückter«.

Während der Punktion war ich in einer Art Trancezustand. Es war mir zwar durchaus bewusst, was mit mir geschah, und ich bekam ebenfalls mit, dass ich sechsmal gestochen werden musste. Ich spürte auch jedes Mal wieder diesen schrecklichen Schmerz, wenn die Nadel sich tief in meinen Rücken bohrte. Ich nahm aber alles nicht so direkt wahr. Es war so, als wäre ich in einem Traum gefangen. Ich konnte mich zwar noch an den ungefähren Verlauf der Punktion erinnern, aber die Einzelheiten gingen dabei irgendwie verloren. – Eben wie in einem Traum. Man kann danach oft nicht mehr genau sagen, was, wann, wo und von wem gemacht wurde, weil sich Ereignisse, Zeit, Ort, und zum Teil auch Personen »vermischen«.

Ich bin irgendwann, kurz bevor die Punktion vorbei war, ganz eingeschlafen. Ich habe mich dann auf dem Bauch liegend, ohne Kopfkissen, in meinem Bett wiedergefunden. Nach einer Lumbalpunktion musste ich immer zwölf Stunden liegen. Das bedeutete, ich durfte mein Bett in dieser Zeit nicht verlassen, nicht mal um aufs Klo zu gehen. Ich war nun auf meine Mutter und meine Klingel angewiesen.
Wenn ich mal dringend musste, »durfte« ich die Bettpfanne benutzen, die ich nicht weniger hasste als den blöden Klostuhl. Im Gegenteil, ich fühlte mich noch mehr gedemütigt. Ich schämte mich und ich wollte nicht, dass die Schwestern

mich nackt sahen, und vor allem wollte ich nicht, dass sie mir beim Pinkeln zusahen. Das tat zwar auch keine Schwester, denn alle verließen so lange den Raum, bis ich fertig war. Aber ich fand schon allein die Tatsache, dass ich von jemanden abhängig war, wenn ich mal musste, ziemlich entwürdigend. Außerdem fiel es mir schwer, im Bett mein Geschäft zu verrichten. Das war schon fast so, als müsste ich ins Bett machen. Ich fühlte mich so klein und hilflos wie ein Baby.

Keine Kraft

Durch die Therapie war ich völlig ausgelaugt. Ich spürte, wie sich immer wieder diese Kraftlosigkeit in mir ausbreitete. Ich fühlte mich matt und schwach. Ich hatte zu nichts Lust und war ständig wegen irgendwelchen Lappalien auf 180. Ich mochte mich manchmal wirklich selbst nicht mehr. Wenn ich Cortison bekam, war es besonders schlimm. Die Nebenwirkungen dieses Medikamentes machten sich immer ziemlich schnell bemerkbar: Depressionen, Aggressionen, Wasserablagerungen ... Dann kam es sogar mal vor, dass ich den ganzen Tag niemanden sehen wollte und nichts sprach – außer mit meiner Mutter. Ich lag dann nur im Bett und starrte die Wände an. Manchmal, wenn ich zum Beispiel gerade eine Mundschleimhautentzündung hatte oder mir schlecht war, wollte ich selbst mit meinen Freundinnen nicht telefonieren, wenn sie anriefen. Wobei das meistens nur so war, wenn es mir wirklich ziemlich schlecht ging.

Manchmal hatte ich Angst vor mir selbst und fragte mich: »Bin das wirklich ich?« Auch wenn ich in den Spiegel schaute und dort ein komisches, aufgeschwemmtes Gesicht sah, stellte ich mir dieselbe Frage. In solchen Augenblicken kam dann wieder die Frage »Was hat das alles noch für einen Sinn?« in mir hoch. In so einem Moment hätte ich am liebsten einfach Schluss gemacht. Ich wollte nicht mehr und ich bildete mir ein, ich konnte es auch nicht mehr. Ich fühlte mich, als wäre ich unter einem riesigen Trümmerhaufen begraben und als gäbe es keinen Weg mehr, da unten rauszukommen. In so einer Situation wollte ich nichts anderes mehr tun als schlafen, schlafen und nie wieder aufwachen.

Wenn ich dann wieder aufwachte und über alles nachdachte, schämte ich mich, dass ich so einen Unsinn gedacht hatte. Selbst wenn es nur Gedanken waren. Ich schämte mich, dass ich so bockig war und meine Mutter verärgert hatte. Aber das wollte ich doch eigentlich gar nicht. Was sollte ich denn tun, wenn wieder dieses »Ungeheuer Cortison« kam und versuchte von mir Besitz zu ergreifen? Dieses ständige Auf und Ab trieb mich manchmal beinahe in den Wahnsinn. Mal hatte ich überhaupt keinen inneren Auftrieb mehr und ein anderes Mal sprühte ich geradezu von Energie und Kampfgeist. Es waren meine beiden inneren Stimmen, die dieses Auf und Ab verursachten. Die eine Stimme war boshaft, schwach und sah hinter nichts mehr einen Sinn. Die andere war dagegen freundlich, voller Kraft und voller Hoffnung. Diese beiden Mächte stritten sich oft in mir und mal siegte die, mal die andere.

Die Kraftlosigkeit hatte sich nicht nur über mich, meine Seele, sondern auch über meinen Körper ausgebreitet. Unmittelbar nach den Therapieblöcken war es meist am schlimmsten. Ich hatte massive Schwierigkeiten die Treppe hochzukommen und überhaupt konnte ich nicht gerade weit gehen. Manchmal, wenn es ganz schlimm war, hatte ich zu Hause sogar Probleme vom Sofa im Wohnzimmer bis zum Klo zu laufen.

Ich ließ mich wahrscheinlich zu sehr hängen und bemühte mich nicht genug wieder neue Kraft aufzubringen. Und je weniger ich das tat, umso schwächer wurde ich. Ein verflixter Teufelskreis. Ich drohte dann in einem Haufen Selbstmitleid zu ersticken und hatte Mühe mich wieder am Riemen zu reißen. Ich versuchte mir immer wieder klarzumachen, dass es anderen Menschen bei weitem schlechter ging als mir. Das half mir dann meist aus dem »Haufen Selbstmitleid« herauszukriechen und neuen Mut und Kraft zu tanken. Mir wurde bewusst, dass ich nur gesund werden konnte, wenn ich es selbst wollte, und dass ich mich niemals selbst aufgeben durfte, denn – »Wer nicht kämpft, hat schon verloren.«

Wenn ich wieder neuen Mut und Hoffnung hatte, spürte ich, dass es mir auch körperlich besser ging. Ich bemühte mich zu gehen, Treppen zu steigen, zu essen und viel zu trinken. Meine Mutter, mein Vater, mein Bruder und ich machten einmal sogar gemeinsam einen kleinen Spaziergang während einer Therapiepause, als ich mich so schwach fühlte. Wir fuhren mit dem Auto irgendwo mitten in die »Prärie«, wo keine Leute waren. Wir hatten einen Klappstuhl mitgenommen und alle fünfzig Meter wurde er aufgeklappt und ich musste mich hinsetzen. Das muss wirklich irre komisch ausgesehen haben, als wir mit diesem Gestell herumgelaufen sind. Aber ich brauchte ja schließlich auch mal wieder frische Luft.

Ausschnitte aus meinem Tagebuch

29.1.94

Liebes Tagebuch,
ich habe in den letzten Tagen nie mehr in dich geschrieben und es ist einiges passiert. Jana ist jetzt in einem anderen Krankenhaus und Nina wird auch bald verlegt. Ich habe Angst um sie. Ich habe gerade im Fernsehen gesehen, wie eine Skiläuferin verunglückt ist. Sie hatte eine kleine Tochter. Ist es nicht schrecklich, wie viele Menschen jeden Tag sterben? Ich habe irgendwie auch total Angst davor zu sterben.
Heute Nacht hatte ich einen komischen Traum. Ich habe in diesem Traum einen Jungen geküsst. Manchmal sehne ich mich danach, es wirklich zu tun. Ich möchte so gern auch bei anderen Jugendlichen sein. In meinen Träumen bin ich immer wunderschön und alle mögen mich. Aber wie ist es in Wirklichkeit? Wenn ich keine Haare habe, mag mich doch bestimmt sowieso niemand.
Ich glaube, ich werde bald wieder einen Brief an meine Klasse schreiben. Ich denke oft an sie und ich hätte nicht gedacht, dass ich sie so sehr vermisse. Ich komme mir manchmal schon vor wie im Gefängnis.
Ich glaube, ich werde mal ein Buch über mein Leben schreiben, damit alle wissen, was ich denke und fühle. Ich fange noch heute damit an.
Love Tina

(Ich habe natürlich nicht an diesem Tag damit angefangen, sondern erst ein paar Jahre danach.)

30.1.94

Liebes Tagebuch!

Ich hatte gerade Nasenbluten. Ich hatte es heute schon mal. Ich habe total niedrige Thrombos.

Ich habe Angst!

Love Tina

4.2.94

Liebes Tagebuch,

mein Entzündungswert ist auf 3,65 gestiegen.

Scheiße!

Ich habe Angst, dass ich Fieber kriege. Ich habe so furchtbare Angst.

Bitte Leukos, steigt! Bitte lieber Gott, hilf mir!

Love Tina

8.2. und 9.2.94

Liebes Tagebuch!

Ich habe so verdammtes Heimweh. Frau W. hat gemeint, dass ich das Latein nicht aufholen könne und ich solle mich nicht unter Druck setzen. Doch ich werde es schaffen und wenn ich die ganzen Sommerferien streben müsste.

Ich habe heute eine Karte von meiner Klasse bekommen. Auf ihr steht: »Du fehlst uns!« Ob ich ihnen wirklich fehle?

12.2.94

Liebes Tagebuch!

Ich bin jetzt zu Hause. Ich habe schon wieder Angst vor dem Krankenhaus. Aber ich muss die Angst überwinden und es hinter mich bringen, umso schneller ist es vorbei. Ich habe ja nur noch drei Blöcke. Morgen ist mein letzter Tag daheim. Ich habe Angst. Vor was nur?

Vor allem! Vor diesen doofen Spritzen, vor den anderen Leuten ...
Hilf mir die Angst zu überwinden.
Tina

Ich habe diese Tagebucheinträge ausgewählt, weil sie meine Ängste und meine innersten, geheimsten Wünsche ausdrücken. Zum einen hatte ich Angst vor dem Tod, vor dem Sterben, wobei ich nie wirklich dachte, dass ich sterben könnte. Außerdem hatte ich Angst, von der Gesellschaft nicht akzeptiert zu werden, und gleichzeitig sehnte ich mich danach, mit Gleichaltrigen zusammen zu sein. Vor allem war es aber mein Körper, der mir Angst machte. Ich hatte Angst vor Nasenbluten, vor Fieber, vor niedrigen Blutwerten usw. Manchmal wusste ich gar nicht mehr, vor was ich eigentlich Angst hatte.
Diese Tagebucheinträge spiegeln aber auch meinen Ehrgeiz wider alles zu überwinden. Ich habe geschrieben, dass ich ein Buch schreiben werde, und ich habe es tatsächlich getan. Ich habe geschrieben, dass ich das Schuljahr schaffe, und ich habe es geschafft.

Bloß kein Fieber

Ich hatte immer panische Angst, Fieber zu bekommen. Fieber, das bedeutete nämlich Antibiotika. Wenn ich ein Antibiotikum bekam, hing ich an der Flasche und konnte nicht nach Hause. Wenn ich während der Chemo eine zu hohe Temperatur hatte, dann musste sogar die Therapie unterbrochen werden und daraus folgte wiederum, dass ich länger im Krankenhaus bleiben musste.

Fieber und dazu noch ein Infekt, das war nicht ungefährlich. Wenn meine Leukozyten niedrig waren, war ich besonders anfällig. Und hatte ich dann erst mal einen Infekt, dann bekam ich den so schnell nicht mehr los. Im Gegenteil, der Infekt hätte zu einer Lungenentzündung führen können und das hätte unter Umständen schwerwiegendere Folgen haben können. Bei mir ist es glücklicherweise nie so weit gekommen.

Ich musste jeden Tag viermal Temperatur messen um zu sehen, ob sie erhöht war oder nicht. Das war manchmal ganz schön lästig. Im Allgemeinen bemerkte ich es sofort, wenn ich Fieber hatte. Einmal, als ich morgens in der Klinik in meinem Bett aufwachte und bibberte, weil ich so sehr fror, wusste ich genau, was los war. Ich fasste mir an die Stirn. Verdammt! Sie war heiß. Gleich ein paar Minuten danach durchfloss mich auch schon eine Hitzewelle. Ich ging auf den Balkon um mich etwas abzukühlen. Ich blieb eine Weile draußen, bis ich wieder fror. Ich dachte, ich könnte auf diese Weise das Fieber senken, was natürlich idiotisch war. Ich wollte mir selbst etwas vormachen. Schließlich ging ich wieder rein und maß meine Temperatur. Sie war nun normal. Natürlich nicht wirklich, denn mein Körper war im Moment noch ziemlich abgekühlt. Gut, so konnte ich es noch eine Weile hinauszögern, bis ich das Antibiotikum bekam. Vielleicht würde das Fieber von selbst wieder weggehen. Ein völlig ruhiges Gewissen hatte ich zwar nicht bei der ganzen Sache, denn schließlich brachte ich mich dadurch selbst in Gefahr. Aber ich glaube, das war mir in dem Moment gar nicht wirklich bewusst. Ich wollte eben einfach nur nach Hause und dafür hätte ich alles getan.
Meine tolle Methode hat aber trotzdem nicht geklappt, da mein Entzündungswert angestiegen war und ich nun deshalb Antibiotikum bekommen musste. So war es dann doch nichts mit dem Heimfahren. Ich hatte mir eben nur selbst etwas vorgemacht und hing jetzt wieder an der Flasche.

Bauchkrämpfe

Als ich während einer Therapiepause daheim war, bekam ich spätabends plötzlich schreckliche Bauchschmerzen. Ich ging runter ins Wohnzimmer, wo mein Vater noch fernsah. Ich legte mich auf das Sofa und wartete darauf, dass das Bauchweh wieder besser werden würde. Aber es wurde immer schlimmer, bis ich schließlich Bauchkrämpfe bekam. Meine Mutter war nicht zu Hause und mein Vater wusste erst nicht, was er tun sollte. Er trug mich schließlich nach oben und legte mich in das Bett meiner Mutter. Ich war so froh, dass wenigstens mein Vater daheim war und ich nicht ganz alleine war, denn ich hätte nicht die geringste Ahnung gehabt, was ich hätte tun sollen.

Mein Vater machte mir eine Wärmflasche, die ich mir auf den Bauch legte. Doch auch das half nichts mehr. Ich winselte leise vor mich hin, weil ich das Gefühl hatte, mein Bauch würde jeden Augenblick vor Schmerzen auseinander gesprengt werden. Mein Vater rief schließlich den Notdienst an. Der Arzt war ziemlich schnell da, obwohl es mir wie eine halbe Ewigkeit vorkam. Ich dachte, er könne mir nun endlich helfen. Aber er tastete meinen Bauch ab und konnte anscheinend nichts feststellen. Er riet uns in der Klinik anzurufen und gerade in dem Moment, als der Notdienst ging, kam meine Mutter. Sie rief sofort in der Klinik an. Wir fuhren noch mitten in der Nacht hin. Während der Fahrt wurden die Bauchkrämpfe immer schlimmer, schon fast kolikartig. Im Fahrstuhl in der Klinik wäre ich beinahe vor Schmerzen zusammengebrochen. Als wir auf der Station ankamen, war schon ein Einzelzimmer für mich vorbereitet und die Nachtschwester fragte mich besorgt, was ich denn für Sachen machen würde. Der Stationsarzt, der an diesem Tag Nachtdienst hatte, tastete meinen Bauch ab und hörte ihn mit einem Stethoskop ab. Er konnte ebenfalls nichts Genaueres feststellen und verschob weitere Untersuchungen auf den nächsten Tag.

Mein Vater, der auch mit in die Klinik gekommen war, schlief in dieser Nacht im Elternzimmer auf dem Sofa. Meine Mutter konnte in meinem Zimmer auf einem Klappbett schlafen. Ich war sehr froh, dass ich nicht alleine war und meine Mutter gleich neben mir schlief. Ich bekam vor dem »Einschlafen« eine schmerzstillende Tablette, die aber nicht im Geringsten ihren Zweck erfüllte. Ich habe die ganze Nacht nicht geschlafen und leise vor mich hin geweint. Am nächsten Tag wurde ich zum Ultraschall und zum Röntgen geschickt, damit endlich geklärt werden konnte, was sich in meinem Bauch abspielte. Meine Mutter fuhr mich mit dem Rollstuhl dorthin, weil ich nicht mehr im Stande war zu gehen. Selbst im Sitzen waren die Bauchschmerzen unerträglich. Bei den Untersuchungen stellte sich nun heraus, dass sich eine Unmenge an Stuhlgang in meinem Bauch befand. Auf Deutsch, ich hatte Verstopfung, die höchstwahrscheinlich durch das Medikament Vincristin verursacht war. Als ich wieder in meinem Zimmer war, bekam ich erst mal ein stärkeres Schmerzmittel und konnte sogar eine Weile schlafen. Es war so wohltuend, endlich von den Schmerzen befreit zu sein, und ich wünschte mir, dass ich nie wieder aufwachen müsste.

Später entschlossen sich die Ärzte, mir ein Medikament zu verabreichen, das den Darm wieder in Gang bringen sollte. Das war allerdings keine so schlaue Idee. In der folgenden Nacht wurden die Schmerzen nämlich so schlimm, dass ich es wirklich nicht mehr ausgehalten habe. Ich bin beinahe wahnsinnig geworden. Ich habe laut geschrien und geflucht, ich habe gewinselt und geheult und wild um mich geschlagen, weil ich nicht mehr konnte. Ich war fix und fertig. Ich habe nie geschrien, wenn mir irgendetwas wehtat, aber in

diesem Moment wusste ich weder aus noch ein vor Schmerzen. Ich verlor jegliche Beherrschung über mich selbst und war mir nicht sicher, ob ich überhaupt noch existierte. Doch der unerträgliche Schmerz erinnerte mich immer wieder daran, dass ich noch da war.
Der Nachtdienst wusste sich auch nicht mehr zu helfen und rief mitten in der Nacht Frau Dr. F. an. Das Medikament wurde dann schließlich abgesetzt. Das war die schrecklichste Nacht in meinem Leben. Es brauchte eine ganze Weile, bis ich mich nach diesem Horrortrip wieder eingekriegt hatte.

Am nächsten Tag sollte ich zwei Liter von so einer widerlichen Flüssigkeit trinken, von der es mich nach ein paar Schlucken schon zum Kotzen würgte. Als ich mich weigerte, das zu tun, wollten sie mir eine Magensonde durch die Nase legen. Davor hatte ich noch mehr Angst. »Alles, nur keine Magensonde!« Meine Mutter stand völlig hinter mir. Sie protestierte ebenfalls, denn das war ja nun auch noch eine Erpressung: »Entweder du trinkst dieses Zeug oder wir legen dir eine Magensonde und flößen es dir so ein.« Erpressen ließ ich mich schon gar nicht. So bekam ich dann eben noch mal zig Einläufe, die alle nichts halfen. Ich kam mir vor wie eine Puppe, an der nur noch rumhantiert wurde. Ich hasste in diesen Momenten die Ärzte und Schwestern, ich hasste die verdammten Einläufe und nicht zuletzt die ganze Klinik. Als die Schwestern mir dann schon wieder einen Einlauf machen wollten, konnte ich nicht mehr. Ich verlor das letzte bisschen Selbstbeherrschung, das ich noch hatte, und begann laut zu weinen. Ich fühlte mich so gedemütigt und dagegen waren die kleinen Schamgefühle, die ich auf der Bettpfanne verspürte, gar nichts. Doch dieser – zum Glück letzte – Einlauf blieb nicht ohne Erfolg, ich konnte endlich wieder aufs Klo gehen.

Wieder ein Brief an meine Klasse

17.3.94

Hallo 6a!
Ich bin zur Zeit daheim und es geht mir gut. Ich habe jetzt nur noch einen Therapieblock und danach werde ich bestrahlt. Nach dem siebten Block ist es mir nicht gut gegangen. Wir mussten mitten in der Nacht in die Klinik fahren, weil ich so starke Bauchkrämpfe hatte. Außerdem habe ich auch sehr starke Gelenkschmerzen gehabt. Das war total blöd. Ich konnte mich kaum noch rühren. Und dann bekam ich natürlich auch noch Nasenbluten und da haben sie mir einen Tampon in die Nase gemacht. Ich habe echt gedacht: »Jetzt kann ich nicht mehr.«
Ich bin jetzt mit Sina im Zimmer gewesen. Sie ist seit zwei Wochen da und geht schon in die zehnte Klasse. Jana ist jetzt in einem anderen Krankenhaus. Sie hat eine Knochenmarktransplantation bekommen. Sie fehlt mir sehr. Wir haben uns immer so gut verstanden. Wenn es uns gut gegangen ist, haben wir auch mal die Schwestern geärgert und nass gespritzt.
Jetzt ist sogar ein 13 Monate altes Baby auf unserer Station. Es ist zwar schon bald Ostern, aber ich werde euch trotzdem ein Foto von meinem Faschingskostüm schicken. Ich habe es selbst gemacht, es ist nur aus Papier.
Mein Bruder hat am ersten Mai Kommunion. Ich hoffe, dass ich bis dahin fertig bin mit der Therapie. Denn als meine Schwester Kommunion hatte (bei meiner Ersterkrankung 1988), war ich im Krankenhaus. Das war total doof.
Ich habe ein ganz schönes Buch gelesen. Es heißt »Das Lächeln des Regenbogens«. In dem Buch kommt ein Mädchen vor, das ihren Traum sucht. Sie muss aber erst an

vielen Gefahren vorbei um an ihren Traum zu kommen. Sie wollte schon aufgeben, doch da hat sie einen Regenbogen gesehen und der hat ihr wieder Mut gemacht. So hat sie ihren Traum gefunden. Das ist wie bei mir, wenn ich manchmal denke, ich will jetzt nicht mehr. Und wenn ich dann irgendwo ein kleines Licht sehe, habe ich auch wieder neue Hoffnung und neuen Mut.
Ich muss jetzt Schluss machen, denn ich kann schon fast nicht mehr schreiben, weil ich so zittere. Ich wünsche euch noch schöne Ostern!
Bis bald

Martina

Die Neue

Anfang März, nachdem ich die schrecklichen Bauchkrämpfe überstanden hatte, kam eine »Neue« in mein Zimmer. Sie war schon fast 16 und die Ärzte wussten noch nicht genau, was sie hatte. Sie hatte hohes Fieber und ich befürchtete zuerst, dass sie mich anstecken könnte. Das klingt jetzt sehr egoistisch, aber ich hatte so panische Angst Fieber zu bekommen, dass ich dabei völlig vergaß, wie sich die »Neue« wohl fühlen musste.
Am Anfang, wenn jemand neu auf die Station kam, war das zunächst immer etwas komisch. Alle rätselten, was der- bzw. diejenige haben könnte. Leukämie oder vielleicht einen Tumor? Spätestens, wenn man die Eltern mit verheulten Gesichtern durch die Station laufen sah, wusste jeder, dass der »Outsider« auch bald »Insider« sein würde. Aber uns allen war es schließlich nicht anders ergangen. Es dauerte verständlicherweise eine Weile, bis sich der Betroffene und die Eltern

mit der Krankheit und der neuen Situation zurechtgefunden hatten. Dann wurden sie natürlich auch in den Club »Wir haben alle ein Problem, das Krebs heißt« aufgenommen.

Ich weiß nicht, was Sina – so hieß die »Neue« – dachte, als sie auf der Krebsstation landete. Ich weiß nicht, ob sie Angst hatte und ob sie sich darüber im Klaren war, was sie erwarten würde. Ich kann diese Gefühle nicht nachempfinden, denn so lange ich denken kann, war meine Krankheit ein Teil von mir. Vor meiner Ersterkrankung an Leukämie war ich noch zu klein um mir über Krebs und andere schlimme Krankheiten ernsthafte Gedanken zu machen. Ich weiß nicht, wie es ist, wenn man noch nie mit Krebs konfrontiert wurde. Ich habe keine Ahnung, was die Menschen denken, wenn sie das Wort »Krebs« hören. An Tod, Menschen mit kahlen Köpfen und Chemotherapie? Aber was wissen sie im Grunde schon darüber?

Es stellte sich schließlich heraus, dass Sina genau wie ich die akute lymphatische Leukämie hatte. Sie hat sich sehr schnell mit ihrer Krankheit abgefunden und sie schaute zuversichtlich in die Zukunft. Sie berechnete sogar schon den ungefähren Zeitpunkt, an dem sie wieder in ihr normales Leben und in die Schule würde zurückkehren können.
Sina sagte alles, was sie dachte, frei heraus. Anfangs dachte ich mir manchmal: »Die nimmt auch kein Blatt vor den Mund.« Später bewunderte ich diese direkte Art. Denn so gab es niemals Zweifel, ob sie nur etwas sagte oder ob sie es auch so meinte.
In den wenigen Tagen, in denen ich nach den Bauchkrämpfen noch in der Klinik bleiben musste, begann sich zwischen Sina und mir eine Freundschaft zu entwickeln. Wir unterhielten uns einmal bis spät in die Nacht und sie erzählte mir von ihrem Freund, ihrer Schule, ihren Eltern ... Ich hörte gerne zu,

wenn sie mit ihrer ruhigen Stimme sprach, und es war schön, dass jemand von »draußen« mal etwas Neues in den tristen Krankenhausalltag hereinbrachte. Ich erinnere mich noch genau an den Morgen nach dieser langen Nacht, als Sina mich fragte, ob ich in der vorigen Nacht bei unserem Gespräch denn plötzlich eingeschlafen sei. Auf meine Frage, woran sie das gemerkt hätte, antwortete sie: »an deinem ruhigen, gleichmäßigen Atem«.

Sina war weder ein oberflächlicher noch ein zimperlicher Mensch. Sie sagte nicht einfach etwas dahin und sie tat nichts, von dem sie nicht genau wusste, dass es das Richtige für sie war. Sie ließ sich alle Haare abschneiden, bevor sie ihr ausgingen. Und einmal sagte sie zu mir, dass sie sich, wenn sie wieder in die Schule gehen würde, eine ganz hässliche Mütze kaufen würde. Sina wusste, dass es nicht das Aussehen war, auf das es im Leben ankam.

Als ich nach Hause durfte, sagte sie mir, dass sie traurig sei, dass ich nun nicht mehr da sein würde und sie allein im Zimmer sein würde. Ich kam in den verbleibenden Wochen meiner Intensivchemo später noch eine Zeit lang zu Sina ins Zimmer. Als ich mit der stationären Therapie fertig war, kam Sina mit einem anderen Mädchen in ein Zimmer und dann in ein Einzelzimmer. Ich habe sie bei jedem meiner ambulanten Termine besucht und ich betete für sie, dass sie alles gut überstehen würde. Sina hat die Therapie nämlich sehr schlecht vertragen und ihre Blutwerte wollten einfach nicht mehr steigen. Wochenlang saß sie in diesem kleinen Zimmer eingesperrt und konnte nicht raus. Ihr Körper hat die Chemo sogar so schlecht vertragen, dass sie nicht die volle Dosis erhalten konnte. Deshalb bekam sie schon nach kurzer Zeit einen Rückfall und musste transplantiert werden.

Briefe aus der Schule

21.3.94

Liebe Martina!
Ich hoffe, dass es dir besser geht. Heute ist dein Brief angekommen. Er war sehr schön. Wir sammeln alle deine Briefe und hängen sie im Schaukasten im Klassenzimmer auf. Herr J. (Kunstlehrer) kopiert alle Briefe und hängt sie im Lehrerzimmer auf. Dein Faschingskostüm, das auf dem Foto zu sehen ist, ist dir super gelungen. Es schaut echt spitze aus.
Mir tut das 13 Monate alte Baby, das auf eurer Station liegt, total Leid. Aber das tun mir eigentlich alle, die auf der Station sind. Was machst du denn im Krankenhaus, mal abgesehen vom »Schwestern-nass-Spritzen«?
Zu Fasching habe ich »Pierrot«, den Clown mit der Träne, gemacht.
Ich hoffe, dass dir mein voriges und mein jetziges Geschenk gefallen. Kommst du mit der Sina gut zurecht? Hoffentlich schon.
Also, ich mach jetzt Schluss, denn meine Hand tut schon weh.
Also Tschüüüüüss!

Deine Petra

Liebe Martina,
wie geht es dir? Mir geht es gut .
Bei welchem Block bist du zur Zeit und kommst du dieses Schuljahr noch zu uns zurück? Wir würden es sehr hoffen.
In der Schule gibt es viel Neues. (...)
Vor einer Woche waren so viele Kinder krank, dass wir nur noch 15 in der Klasse waren. Zur Zeit sind wir 19 Kinder. Du wirst natürlich mitgerechnet. Herr O. musste schon oft

50 Pf (in die Klassenkasse) zahlen, weil er dich nicht mitgezählt hat. Vor ungefähr einem Monat (...).
Falls dir mein Gerede zu langweilig ist, lies die jetzt folgenden Witze:
Herr Meier steht total betrunken vor einer Laterne und versucht, diese mit einem Schlüssel zu öffnen. Kommt der kleine Toni vorbei und meint: »Da wohnt doch keiner drin.« Lallt Meier: »Ich sehe doch genau, dass im obersten Stockwerk noch Licht brennt.« – Ha ha ha.
Peter stürzt in die Drogerie und ruft aufgeregt: »Schnell, schnell, mein Vater ist in ein Bienennest getreten.« – »Salbe und schmerzstillende Tabletten gibt es in der Apotheke«, belehrt ihn die Drogistin. Grinsend entgegnet Peter: »Quatsch, geben Sie mir einen Farbfilm.«
Thomas Gottschalk beschwert sich beim Ober eines Nobelrestaurants: »Sehen Sie, am Rand meines Tellers sitzt eine Fliege und grinst mich an.« »Tut mir Leid, mein Herr, aber es ist nicht ganz einfach, ernst zu bleiben, wenn man Sie essen sieht.«
So, wenn du fertig gelacht hast, kann ich dir wieder etwas erzählen: (...)
Ich habe von Doris (Freundin meiner Schwester, die auch an meiner Schule ist) gehört, dass du schon bei Kapitel 13 (im Lateinbuch) bist. Ich finde das sehr toll und wir alle zweifeln nicht daran, dass du das Lateinbuch locker schaffst. Alle sagen, dass sie es nicht schaffen würden, das ganze Lateinbuch durchzumachen (und sogar die Superstreber).
Wie ist es eigentlich im Krankenhaus, was gibt es da zu essen?
Wenn du wieder zurückkommst, gibt es eine große, große Feier, auf die wir uns jetzt schon freuen.
Ich habe jetzt ein Aquarium bekommen. Falls du es noch nicht weißt: Ich habe eine Maus, die Ruby heißt, und einen

Hasen, der Roger Rabbit heißt. Ich muss jetzt Schluss machen, weil mir die Hand langsam wehtut. Aber zum Schluss erzähle ich dir noch den Megawitz:
Sagt General Mauser zu seiner Kompanie: »Leute, heute Abend wird ein Fest veranstaltet, bei dem eure Frauen teilnehmen können. Also keine Unanständigkeiten und nicht frech werden.« Am Abend, der ganze Saal ist gefüllt, wird erst mal kräftig getanzt. Der General freut sich über das von ihm organisierte Fest. Doch die Musik wird langweilig und der General fühlt sich verpflichtet die Damen wieder aufzumuntern. Er geht zum Rednerpult und sagt: »Was macht ein Ostfriese, der nicht schwimmen kann?« Niemand weiß es. »Er geht unter, ha ha ha ha.« Nur der General lacht über seinen Witz. Einige Leute machen ein Anstandslächeln. Nun geht ein Soldat zum Rednerpult und sagt: »Ich will mich dem Herrn General anschließen und erzähle auch einen Witz: Wann sind die Eier am heißesten?« Alle Damen stöhnen vor Scham und der General läuft rot an und schreit: »Soldat, sofort mit mir vor die Tür!« Vor der Tür schreit der General: »Ich habe doch gesagt, keine Unverschämtheiten, Sie kriegen Arrest! Haben Sie etwas zu Ihrer Verteidigung zu sagen?« »Aber Herr General, die Eier sind natürlich in der Pfanne am heißesten.« »Ach sooo, das ist was ganz anderes, gehen Sie wieder rein.« Drinnen geht der General wieder vors Rednerpult und sagt: »Meine Damen, das Ganze war ein Missverständnis, die Eier sind natürlich in der Pfanne ... aber Soldat, wer ist denn so blöd und setzt sich nackt in die heiße Pfanne?«

Ich hoffe, mein Brief hat dir eine kleine Freude gemacht. Vielen Dank für deinen Brief, wir haben ihn schon dreimal vorgelesen. Morgen lesen wir ihn bestimmt auch noch. Ich wünsche dir gute Besserung und ein frohes Osterfest. (Ebenfalls deiner Familie)

Viele Grüße auch von meinen Eltern, meinen Geschwistern und von der Klasse 6a Tschüss

Dein Michi

P.S. Wir alle zweifeln nicht daran, dass du es locker überstehst!

Das war der längste und witzigste Brief, den ich während der ganzen Chemo bekommen habe. Ich habe einige Textstellen ausgelassen, die nicht so interessant sind (z.B. irgendwelche Dinge, die sich in der Schule ereignet haben). Der Brief war insgesamt sieben Seiten lang.

Hilfe, was soll ich tun?

Manchmal gibt es im Leben Situationen, in denen es keinen Ausweg zu geben scheint. Man gerät in Panik, fühlt sich hilflos und verlassen, weiß nicht, was man tun soll. Ich befand mich auch einmal in so einer Situation, dass ich vor Panik nicht mehr wusste, was ich tun sollte, und beinahe durchgedreht wäre.

Ich war wieder mal mit einem Leuko-Tief in der Klinik, als ich urplötzlich am Abend Nasenbluten bekam. Da ich oft Nasenbluten hatte, dachte ich mir: »Es wird schon gleich wieder aufhören.« Aber das tat es dann nicht. Ich saß auf meinem Bett und das Blut lief in Strömen aus meiner Nase. Ein Taschentuch nach dem anderen warf ich rot gefärbt in den Mülleimer. Ich saß da, drückte mit den Tüchern fest auf meine Nase und wartete.
Es verging eine Stunde und eine zweite, aber es hörte einfach

nicht auf zu bluten. Ich hatte schon zigmal nach der Schwester gerufen. Sie kam auch mal kurz in mein Zimmer und als sie zur Kenntnis genommen hatte, dass ich Nasenbluten hatte, ging sie wieder. Was sollte sie dableiben, es war ja schließlich nicht ihr Problem, dass ich Nasenbluten hatte. Die Schwester brachte mir zwar neue Taschentücher und einen Eisbeutel, aber selbst davon hörte es nicht auf zu bluten.
Ich fühlte mich so hilflos und allein. Ich wusste nicht, was ich jetzt tun sollte. Plötzlich überfiel mich Panik. »Was jetzt? Würde ich jetzt vielleicht verbluten?« Irgendjemand musste mir doch helfen können. Ich war wütend auf die Schwester, weil sie nichts unternahm und mich einfach meinem Schicksal überließ. Ich war furchtbar wütend, weil es einfach nicht aufhören wollte zu bluten. Keine meiner Methoden, die sonst immer gewirkt hatten, schlug an. Zumindest hatte das Nasenbluten, wenn es sonst auch noch so stark gewesen war, immer nach spätestens ein bis zwei Stunden aufgehört. Doch jetzt saß ich schon fast drei Stunden da und das Bluten wurde keineswegs leichter.

Nachdem sich meine Wut auf die Schwester wieder ein bisschen gelegt hatte, geriet ich erneut in Panik. Ich dachte ernsthaft, dass ich verbluten würde. Plötzlich kam mir die Idee, dass ich meine Mutter anrufen könnte. Sie war zu Hause und nicht in der Elternwohnung nebenan, sonst wäre sie wahrscheinlich sofort gekommen. Ich erzählte meiner Mutter, was passiert war, und stammelte verwirrt ins Telefon: »Mama, was soll ich jetzt machen?« Ich konnte kaum noch sprechen und bekam fast keine Luft mehr, da mir das Blut nicht nur aus beiden Nasenlöchern, sondern auch aus dem Mund lief. Es war mir hinten hinunter gelaufen und ich war ständig dabei das »rote Zeug« in eine Spuckschale, die vor mir stand, auszukotzen. Für einen Moment glaubte ich, ich würde ersticken.

Die ruhige Stimme meiner Mutter erinnerte mich wieder daran, dass ich noch da war und was geschehen war. Ich fluchte und schimpfte am Telefon. Doch wenn ich mich aufregte, wurde es nur noch schlimmer. Meine Mutter wollte schließlich kurz mit der Dienst habenden Nachtschwester sprechen. Ich läutete also und sie kam. Sie telefonierte mit meiner Mutter und rief dann gleich danach den Hals-Nasen-Ohren-Arzt an.

Nun kam die ganze Sache erst mal in Gang. Mir wurde Blut abgenommen um festzustellen, ob vielleicht eine niedrige Thrombozytenanzahl für das heftige Bluten verantwortlich war. Dann ging plötzlich alles ganz schnell. Die Werte waren gleich fertig und sie waren komischerweise ziemlich normal. Nur mein HB-Wert (Hämoglobin-Wert) war am Morgen – bei dem nächsten Blutbild – ziemlich niedrig. Hämoglobin, das ist der rote Blutfarbstoff. Wenn man viel Blut verliert, ist dieser Wert besonders niedrig. Ich hatte einen HB-Wert von 5,9, was kein Wunder war, da ich fast vier Stunden Nasenbluten hatte und sehr viel Blut verlor. Normalerweise sollte der Hämoglobin-Wert zwischen 11 und 15 liegen, wobei 11 gerade noch im Normbereich liegt. Wenn mein Hämoglobin-Wert niedrig war, musste ich unbedingt eine Blutkonserve bekommen. Deshalb bekam ich auch am nächsten Tag gleich zwei davon.

Nachdem das Blutbild da war, richtete die Schwester das Gerät zum Blutabsaugen her. Dieses Monsterding kannte ich nur zu gut und als ich es sah, durchzuckte mich ein Schauer. Aber ich war nun schon bereit, alles auf mich zu nehmen, wenn es nur endlich zu bluten aufhörte. Nach einiger Zeit, die mir schier endlos vorkam, kam der Hals-Nasen-Ohren-Arzt, bzw. die H.N.O., denn es war eine Frau. Sie wollte sich zuerst mal meine Nase anschauen, was allerdings etwas schwierig war. Denn aus meinen beiden Nasenlöchern strömte noch immer Blut heraus. Mir wurde eine Spuckschale unter die Nase gehalten, damit nicht das ganze »rote Zeug« in mein Bett lief. Und schließlich machte die H.N.O. von dem »Blutabsauger« Gebrauch. Sie schaltete das Gerät ein und es begann zu zischen und der Schlauch färbte sich rot. Nun musste die H.N.O. schnell machen, bevor wieder neues Blut aus meiner Nase lief. Also her mit der Tamponade und rein in die Nasenlöcher. Oh, wie hasste ich die verdammten Dinger! Ich fuhr jedes Mal erschreckt zusammen, wenn die H.N.O. die Tamponade ganz hoch in meine Nase schob. Au, das tat weh, aber wenigstens konnte ich jetzt wieder einigermaßen durch den Mund atmen und musste kein Blut mehr ausspucken. Immerhin hatte es nun endlich aufgehört und ich war doch nicht verblutet.

Als ich wieder alleine war – mit einer von Tampons zugestopften Nase – war ich hundemüde. Ich hatte immer noch diesen ekelhaften Blutgeschmack in meinem Mund und ich fühlte mich, als hätte man mich gerade zerschlagen und dann wieder zusammengeflickt.
Da ich nur durch den Mund atmen konnte, war ich plötzlich völlig ausgetrocknet. Ich ließ mir von der Schwester noch etwas zu trinken bringen, doch ganz verschwand der Blutgeschmack nicht und nach einer Weile war ich wieder ganz ausgetrocknet. Ich versuchte trotzdem zu schlafen, was mir schließlich auch nicht schwer fiel, weil ich wirklich furchtbar erschöpft war.

Und weiter geht's

Meine Mutter kam am nächsten Vormittag mit dem Zug. Sie wollte mich eigentlich an diesem Tag nicht besuchen, weil sie daheim noch allerhand zu erledigen hatte. Außerdem herrschte bei uns zu Hause ein totales Chaos. Es hatte 50 cm geschneit, Strommasten waren umgeknickt und sämtliche Verkehrsmittel waren außer Kraft gesetzt. Meine Mutter kam aber trotzdem, denn sie wollte mich nach diesem »Blutschock« nicht alleine lassen. Ich schaute alle fünf Minuten auf die Uhr, wann sie denn endlich kommen würde. Draußen regnete es, hier in der Stadt war nicht die geringste Spur von Schnee zu sehen. Ich wäre so gerne daheim gewesen und hätte die weiße Pracht bewundert. Stattdessen saß ich hier herum und dieses Naturereignis entging mir.

Am Nachmittag begann es wieder aus meiner Nase zu bluten, durch die Tamponade hindurch. Wie konnte das sein? Ich geriet in Panik. Konnte denn nichts mehr dieses »blutende Monster« in mir stoppen? Zum Glück war jetzt meine Mutter da. Sie holte schnell eine Schwester und schließlich kam Frau Dr. Z. selbst. Sie nahm mir das Taschentuch ab und drückte es nun selbst fest auf meine Nase. Ich hatte inzwischen schon bald einen Krampf in der Hand von dem festen Zudrücken. Es hörte verflucht noch mal nicht auf zu bluten! Wieder musste ein Hals-Nasen-Ohren-Arzt verständigt werden. Diesmal dauerte es nicht so lange wie in der Nacht, bis er kam. Es war auch nicht die Frau, die in der Nacht schon hier gewesen war. Wieder wurde der »Blutabsauger« hergerichtet und wieder durchfuhr es mich eiskalt. Aber ich war nun schon bereit alles auf mich zu nehmen, wenn nur endlich dieses »blutende Monster« gestoppt werden konnte. Der H.N.O. nahm die alte Tamponade raus, saugte das alte Blut ab und säuberte meine

Nase. Dann stopfte er gleich wieder eine neue Tamponade rein und dann war endlich Ruhe. Nach ein paar Tagen bekam ich diese nervigen Stöpsel endlich wieder raus und das »blutende Monster« in mir war vorerst zum Stillstand gekommen.

Meine Blutwerte waren inzwischen wieder gestiegen und ich machte mir schon Hoffnungen, dass ich vielleicht bald nach Hause durfte. Jeden Tag wartete ich gespannt auf meine Werte. Nachdem das Bluten endlich Ruhe gegeben hatte und ich die Tamponade raus bekommen hatte, musste es doch endlich mit dem Heimgehen klappen. Ungeduldig wartete ich auch an dem Tag auf meine Werte. Meine Leukozyten waren gut über 1000 und ich wollte schon einen Freudenschrei loslassen. Aber ich hatte mich wieder mal zu früh gefreut. Mein Entzündungswert war mal wieder viel zu hoch, wahrscheinlich weil mein Zahnfleisch total rot und geschwollen war. Ich konnte fast nichts mehr essen und zum krönenden Schluss bekam ich Fieber. Nun war alles perfekt, ich hing wieder an der Flasche und bekam Antibiotika.

Noch einmal Bestrahlung

Fünf Tage nach dem »Blutschock« begann die Bestrahlung. Mir war schon halb versprochen und vorgeschwärmt worden, dass ich sie ambulant machen könnte. Nun war ich umso mehr enttäuscht, dass ich doch auf der Station bleiben musste, weil mein Entzündungswert einfach nicht fallen wollte.
Ich musste, bevor die Bestrahlung begann, mit meiner Mutter zu einem Gespräch in die Strahlenabteilung ins Zentralklinikum. Bei der Beredung kam natürlich zur Sprache, dass ich einen Rückfall hatte, und der Arzt meinte, dann sei ich ja

schon ein alter Hase, der sich auskannte. Es war zwar schon eine Weile her, als ich das letzte Mal bestrahlt worden war, aber wie die ganze Sache ablief, hatte ich nicht vergessen. Ich wusste, dass das Bestrahlen weder wehtat noch sonst irgendetwas war, wovor ich mich hätte fürchten müssen. Natürlich nur, wenn sich in den fünf Jahren seit meiner Ersterkrankung nichts geändert hatte.

Zu meiner Beruhigung hatte sich nichts geändert und ich brauchte zum Bestrahlen auch immer noch eine Gipsmaske. Die Maske wurde gleich bei dem Besprechungstermin angefertigt. Da ich am Schädel bestrahlt wurde, wurde eine Maske für meinen Kopf gemacht. Warmer Gips wurde auf mein Gesicht gelegt und entlang meinen Gesichtszügen geformt. Später, als der Gips hart war, wurden zwei Löcher für die Augen und eine große Öffnung für den Mund herausgeschnitten. An beiden Seiten wurden durchsichtige Plastikteile mit fingergroßen Löchern angebracht. Die Plastikteile wurden später, wenn ich die Maske bei der Bestrahlung aufhaben würde, an dem Tisch, auf dem ich lag, festgemacht. So konnte ich meinen Kopf nicht mehr bewegen.
Die Gipsmaske diente wohl dazu, dass ich meinen Kopf ganz ruhig hielt und gleichzeitig das umliegende Gewebe besser geschützt war. Schließlich sollte auf jeder Seite meines Schädels nur eine Stelle bestrahlt werden. Die Punkte wurden zusätzlich mit einem dicken schwarzen Stift auf meinem Kopf eingezeichnet und ich durfte sie auf keinen Fall weg waschen. Nun war alles geklärt und am nächsten Tag konnte bzw. musste ich bestrahlt werden.

Meine Mutter ging an dem Tag zu der Beerdigung von dem kleinen Moritz, der erst vor wenigen Tagen an seinem Gehirntumor gestorben war. Ich musste allein mit der Schwester zu meiner ersten Bestrahlung. Wir gingen wie immer durch den langen unterirdischen Gang. Ich wollte nicht im Rollstuhl gefahren werden, da mir die mitleidigen, neugierigen Blicke der Leute von damals noch immer vor Augen schwebten, und deshalb bestand ich darauf, selbst zu gehen. Ich hatte ein mulmiges Gefühl im Magen, obwohl ich ja wusste, wie alles ablaufen würde. Hoffentlich würde mir nicht wieder so schlecht werden wie früher. Aber ich bekam ja jetzt Zofran, da konnte schließlich fast nichts passieren oder vielleicht doch?

Wir waren da. Bevor wir in die Strahlenabteilung reingingen, musste ich meinen Mundschutz aufsetzen, denn dort saßen viele Leute. Man konnte schließlich nie wissen, was die für Krankheiten hatten. Ich musste diesmal nicht in dem bescheuerten Warteraum sitzen. Zum Glück kam ich gleich dran und wurde in den Bestrahlungsraum geschickt. Musik dröhnte aus den Lautsprechern, die irgendwo an der Decke waren. Ich musste meine Ohrringe und andere metallische Dinge wie meine Halskette ausziehen. Nachdem mich nun der Arzt begrüßt hatte, kletterte ich auf den Behandlungstisch, der dem in der Röntgenabteilung glich. Überhaupt sah es im ganzen Raum ähnlich wie in der Röntgenabteilung aus.
Ich musste meine Maske aufsetzen und wurde festgeschnallt. Nun ging es los. Alle anderen Personen verließen den Raum und die Maschine über mir setzte sich in Gang. Ich konnte natürlich nichts von den Strahlen sehen, ich konnte sie auch nicht fühlen. Aber während der Bestrahlung breitete sich ein ekelhafter, schwefelähnlicher Gestank über meine Geruchs- und Geschmacksnerven aus. Nach wenigen Minuten war der ganze Spuck vorbei.

Das hört sich jetzt alles so harmlos an. Bestrahlen tut nicht weh und dauert nicht lange. Und das Bestrahlen an sich ist auch nicht weiter schlimm. Nur danach können nicht weniger unangenehme Nebenwirkungen als bei der Chemo auftreten. Mir gingen zum Beispiel alle kleinen Stoppelhärchen, die schon nachgewachsen waren, wieder aus, ich bekam furchtbare Kopfschmerzen, mir wurde trotz Zofran übel. Wenn man stärker und an großflächigeren Stellen bestrahlt wird, kann das noch viel verheerendere Auswirkungen haben. Organe werden beschädigt, manche Kinder wachsen nicht mehr.

Endlich raus

Als die Bestrahlung vorbei war, freute ich mich unheimlich, dass ich nun endlich ganz nach Hause durfte. Ich sah mich schon in Gedanken aus dem Krankenhaus laufen. Endlich würde alles vorbei sein und ich würde nie wieder auf der Station übernachten müssen. Doch mir wurde ein Strich durch die Rechnung gemacht. Ich hatte mich zu früh gefreut.

Mein Entzündungswert war wieder gestiegen bzw. noch immer nicht gefallen. Es war bereits Ende April und am ersten Mai würde mein Bruder seine Erstkommunion feiern. Ich hatte Angst diesen Tag wieder allein in der Klinik verbringen zu müssen – wie bei der Erstkommunion meiner Schwester.
Eigentlich spielte mein erhöhter Entzündungswert jetzt gar keine so große Rolle mehr, da die stationäre Therapie beendet war. Doch der liebe Herr Dr. F. war der Ansicht, dass ich mit diesem Entzündungswert auf keinen Fall nach Hause durfte. Ich war wirklich sehr wütend und mir kam es schon beinahe so vor, als würde er mich nur nicht gehen lassen um mich zu ärgern. Frau Dr. K. hätte sich bestimmt nicht so angestellt, aber sie war leider nicht mehr da. Oh, wie vermisste

ich sie! Kein Arzt, mit dem ich vertraulich reden konnte, war mehr auf der Station.
Meine Mutter drohte sogar mich einfach mitzunehmen, wenn er mich nicht gehen ließe. Ich tobte und sagte in meiner Wut, dass ich mir den »Schlauch« selbst abschneiden würde, wenn es niemand anderer täte. Die Klinikseelsorgerin, die auch bei der Erstkommunion meiner Schwester bei mir im Krankenhaus war, stand auf unserer Seite. Ich glaube, sie machte den Ärzten ein bisschen Druck, sodass ich schließlich doch rechtzeitig entlassen wurde.

Die letzten Tage in der Klinik waren die Hölle für mich gewesen. Es tat mir zwar nichts mehr weh und ich bekam auch keine Chemo mehr, aber ich hielt es einfach nicht mehr aus, in der Klinik gefangen zu sein. Vor allem jetzt, wo ich wusste, dass alles vorbei war. Das war schon beinahe so, wie wenn man einen Verbrecher im Gefängnis nach seiner abgesessenen Strafe nicht gehen lässt.
Aber wir hatten es ja nun mit »ein bisschen Druck« geschafft. Am 29. April wurde ich entlassen. Ich packte so schnell wie noch nie meine Sachen zusammen. Dann wurde ich abgestöpselt (d.h. die Infusion wurde vom Katheter abgeschraubt und der Katheter mit einem Stöpsel verschlossen). Wir verabschiedeten uns noch schnell von den Schwestern und weg waren wir. Meine Mutter hatte das Auto schon vor der Tür geparkt und wir fuhren noch kurz in die Elternwohnung um ihre Sachen zu holen.

Ich war zu Hause. Ich konnte es nicht fassen, ich war zu Hause, für immer. Nein, ich konnte es einfach nicht glauben. Ich hatte es tatsächlich geschafft. Die stationäre Therapie war vorbei. Ich würde nie wieder in der Klinik übernachten müssen. Ich war wieder frei. Konnte mich bitte mal jemand zwicken, damit ich wusste, dass ich nicht träume?!

So kam die Kommunion meines Bruders. Am Vormittag war es bitterkalt und es nieselte leicht, doch später, nachmittags, kam dann schließlich die Sonne heraus und ihre Wärme tat so gut. Dieser erste Mai war ein schöner Tag, auch wenn ich anfangs noch ziemliche Hemmungen hatte. Es war schließlich das erste Mal nach der Chemo, dass ich wieder unter Leute kam. Aber später, als wir beim Kuchenessen und Kaffeetrinken bei uns zu Hause waren, legten sich selbst die letzten Spannungen und es war fast, aber auch nur fast so wie früher.

Es war schön, dass meine kleinen Cousinen auch da waren. Ich hatte sie seit Beginn meiner Therapie nicht mehr gesehen. Sie waren ganz schön groß geworden und an ihnen konnte ich sehen, wie viel Zeit vergangen war.
Wir feierten noch den ganzen Tag und am Abend, als alle Gäste weg waren, war ich hundemüde. Ich freute mich richtig auf mein Bett, auf mein schönes, kuscheliges Bett. Ich musste in keinem unbequemen Klinikbett mehr schlafen. Es war so ruhig. Ich genoss diese angenehme Stille. Kein Kind schrie, kein Infusomat ratterte oder piepste, es brannte nirgendwo grelles Licht und es waren keine Schwestern da, die meinen Puls messen wollten. Ich lag in meinem Bett und schlummerte bald selig. Ich war seit langem mal wieder richtig glücklich. Ich hatte es endlich geschafft und der Gedanke an den gewonnenen Kampf machte mich froh.

Wiedereinstieg ins Leben

Ich habe während der ganzen Chemotherapie kein einziges Mal Hausunterricht von den Lehrern meiner Schule bekommen. Wir haben zigmal in der Schule angerufen und nachgefragt, ob sich vielleicht ein Lehrer zur Verfügung stellen könnte in den Tagen, in denen ich zu Hause war. Nichts rührte sich. Ich sehe ja auch ein, dass es in diesem Jahr wegen eines Direktorwechsels ziemlich drunter und drüber ging, aber trotzdem muss ich sagen, dass das Engagement der Lehrer nicht gerade sehr überwältigend war. Wenn ich von anderen Kindern auf der Station hörte, wie sich die Lehrer ihrer Schule geradezu nur anboten, den Betroffenen Hausunterricht zu geben, war ich irgendwie schon enttäuscht von meiner Schule.

Irgendwann, als das Schuljahr dann schon fast vorbei war, hat sich nach dem »lästigen Anfragen« plötzlich etwas getan. Ich bekam tatsächlich noch in diesem Schuljahr wenige Stunden in der Woche Einzelunterricht. Meine Mutter bot an, mich einmal zusätzlich zur Schule, die 20 km von unserem Wohnort entfernt ist, zu fahren, damit ich öfter unterrichtet werden könnte. Das wurde natürlich gleich wieder falsch ausgelegt. Meine Mutter musste mich jedes zweite Mal in die Schule bringen, aber die zusätzliche Stunde gab es trotzdem nicht.
Ich bekam von meinem damaligen Mathe-Lehrer und meiner damaligen Deutsch- und Lateinlehrerin Unterricht. Niemand, mit Ausnahme meiner Klasse, glaubte allerdings daran, dass ich es schaffen würde, in die siebte Jahrgangsstufe vorzurücken, da ich das ganze Jahr nicht da gewesen war. Sogar meine Mutter schien nicht daran zu glauben, obwohl sie voll und ganz hinter mir stand. Ich habe sie einmal zufällig bei einem Telefongespräch belauscht. Sie sagte zu ihrem Gesprächspartner, dass sie glaube, ich wolle nur irgendjemandem was beweisen. Das mochte tatsächlich so gewesen sein, aber dieser jemand war ich selbst.

Ich war hin- und hergerissen zwischen Niedergeschlagenheit, weil niemand an mich glaubte, und Ansporn, weil ich es allen nun umso mehr zeigen wollte. In dieser Zeit besuchte ich sogar mal meine Klasse während einer Deutschstunde. Die Lehrerin machte ganz normalen Unterricht. Ich war von diesem Besuch sehr enttäuscht. Es blieb natürlich nicht nur bei diesem einen Mal, aber alle weiteren erschienen mir nicht viel besser. So ziemlich alle aus meiner Klasse verhielten sich so, als wäre ich schon immer da gewesen. Heute ist mir klar, dass viele sich vielleicht nicht trauten mich irgendetwas zu fragen oder nicht wussten, was sie sagen sollten, da ich schon so lange nicht mehr da war. Aber damals tat es mir weh, dass es für viele so selbstverständlich zu sein schien, dass ich, wenn auch nur für ein paar Stunden in der Woche, wieder da war. Es kam mir alles so fremd vor und es hatte sich so vieles verändert in diesem Jahr.

Als das Schuljahr beendet war, sollte in einer Konferenz über mein Vorrücken in die siebte Jahrgangstufe entschieden werden. Meine Mutter nahm auch an dieser Konferenz teil und der Vorsitzende der hiesigen Elterninitiative Krebskranker Kinder begleitete sie um ihr den Rücken zu stärken. Ich durfte natürlich nicht mit, was mich sehr ärgerlich machte. Ich war wirklich sehr wütend und saß daheim wie auf Kohlen. Ich lief nervös im ganzen Haus umher und wusste nicht, was ich tun sollte.
Endlich kam meine Mutter nach Hause. Ich platzte schon vor Aufregung und Ungeduld. »Na, lass Dir doch nicht alles aus der Nase ziehen.« Sie grinste mich an und nickte. Sie hatten mir doch wirklich und wahrhaftig gestattet, auf Probe in die siebte Klasse vorzurücken! Ich ließ mir von meiner Mutter alles genau erzählen:

Es gab Stimmen, die sich dafür eingesetzt hatten, dass ich wieder zurück in die sechste Klasse kommen sollte. Eine Person argumentierte sogar damit, dass ich nicht einfach ein Jahr

überspringen könne und dass ich ja sowieso kleiner sei. Dabei war ich ja schon älter als meine Klassenkameraden, da ich erst nach der fünften Klasse auf das Gymnasium gewechselt hatte. Ich konnte doch schließlich nichts dafür, dass ich so klein war, und außerdem: Was hatte meine Körpergröße mit meiner Versetzung zu tun??? Dass meine Gefühle und Wünsche dabei auf der Strecke bleiben sollten, schien diese Person, die so argumentierte, nicht besonders zu interessieren. Ich hatte doch schon genug hinter mir. Warum wollten sie mir nicht einmal eine Chance geben?
Aber mein Mathe-Lehrer stand auf unserer Seite, was ich ihm nie vergessen werde. So konnte das Herz des gerade stellvertretenden Direktors (der alte Direktor hatte vor kurzem die Schule verlassen) doch noch erweicht werden und ich bekam eine Chance. Ich schwor mir an diesem Abend die Chance zu nutzen und es allen zu zeigen!

„Erster Schultag"

Wir waren in den Sommerferien vier Wochen in Kur, die ganze Familie. Es war unsere dritte Kur und wir waren wie bei den vorigen beiden Kuren im Schwarzwald, in der Katharinenhöhe. Die vier Wochen waren sehr erholsam und es war schön, mit anderen Betroffenen zu sprechen. Aber ich freute mich trotzdem wieder auf zu Hause.
Die Sommerferien gingen schnell vorbei und der Schulanfang nahte. Ich war in der Nacht vor diesem »Neuanfang« mindestens genauso aufgeregt wie vor meinem allerersten Schultag. Ich hatte die ganze Nacht nicht geschlafen. Meine Gefühle bestanden aus einer Mischung von Vorfreude und Angst, wobei die Angst überwog. Ich fürchtete mich vor den neugieri-

gen Blicken, vor allem, weil meine Haare erst gerade wieder zu wachsen anfingen.
Um 6.30 Uhr verließ ich das Haus, damit ich rechtzeitig zum Bus kam. Mein Herz pochte und plötzlich kam ich mir so beobachtet vor. Ich hatte richtige Hemmungen und war ganz scheu geworden. Ich hatte überhaupt kein Selbstbewusstsein mehr.
Es hatte sich so vieles verändert in diesem Jahr. Mir kam es so vor, als wäre nichts mehr so wie früher. Im Bus konnte ich nur noch mittags neben meiner Cousine sitzen und im Unterricht auch nicht mehr in allen Stunden neben Corinna. Andere hatten zum Teil meinen Platz eingenommen. Das wollte und konnte ich nicht verstehen. Corinna und meine Cousine Nikki hatten mich zwar zuvor gefragt, ob es mir etwas ausmachen würde, aber was hätte ich auf diese Frage schon antworten sollen? Es war für die beiden sicher nicht ganz einfach, als ich wiederkam und andere meinen Platz eingenommen hatten, die sich nicht so leicht vertreiben ließen. Sie mussten sich nun entscheiden oder eben eine Kompromisslösung finden, was sie schließlich getan haben. Ich wollte und konnte diese Kompromisslösung aber nicht einfach akzeptieren. Ich fühlte mich plötzlich so allein, hilflos und unverstanden. Alles war so fremd. Ich konnte nicht begreifen, dass es nicht mehr so wie früher war.

Damals war ich vor allem von Corinna sehr enttäuscht. Es schien mir, als würde sie ein anderes Mädchen, das inzwischen meinen Platz eingenommen hatte, lieber mögen als mich. Sie unterhielt sich dauernd nur mit ihr und schenkte mir gar keine Beachtung. Ich glaube, dass unsere Freundschaft nicht tief genug war um das alles zu überstehen.

Nun stand ich also ganz allein in der Klasse, die ich so vermisst hatte.

Schulalltag

Obwohl ich mich im Krankenhaus immer so danach gesehnt hatte, wieder in die Schule gehen zu können, war ich plötzlich nicht mehr so froh darüber. Ich hatte keine richtigen Freunde mehr und fühlte mich ständig allein. Ich wusste weder, mit wem ich die Pausen verbringen sollte, noch mit wem ich zum Bus laufen sollte. Corinna und ihre neue Freundin gingen in den Pausen immer raus und manchmal kam es mir vor, als täten sie das mit Absicht, weil sie genau wussten, dass es mir draußen zu kalt war.

Ein Mädchen aus meiner Klasse machte in dieser Zeit eine Faschingsfeier. Fast alle anderen Mädchen waren eingeladen, nur ich nicht. Das tat weh und ich dachte mir: »Ihre Briefe voller Mitleid, die sie nur geschrieben hat, weil eben jeder aus meiner Klasse mir schrieb, hätte sie sich sparen können.«

Oft war ich wirklich nah dran, einfach loszuheulen. Manchmal konnte ich aber auch im Bus mit meiner Cousine Nikki über meine Probleme in der Schule reden. Sie hörte mir geduldig zu und verstand, was ich ihr erzählte. Sie tröstete mich dann ein bisschen und danach ging es wieder etwas besser. Das Einzige, was mich in dieser Zeit sonst noch aufrecht erhielt, waren meine Noten. Ich hatte in keiner Klassenarbeit etwas Schlechteres als eine Drei und in Mathe hatte ich sogar eine Eins. Ich war stolz auf mich und zugleich war ich auch sehr enttäuscht, vor allem von vielen Lehrern meiner Schule. Nicht sehr viele von ihnen haben mich je gelobt oder einfach nur »Das hast du gut gemacht« gesagt, obwohl sich doch zuvor fast alle so sicher waren, dass ich die siebte Klasse niemals bestehen könnte. Danach wurde es als selbstverständlich hingestellt. Natürlich waren nicht alle Lehrer so. Einige von ihnen sprachen mir auch ihre Anerkennung aus, was ich wohl in diesen Momenten gar nicht mehr richtig wahrnahm. Ich war von zu vielen Menschen enttäuscht und fühlte mich so allein und unverstanden.

Während der Probezeit und während des gesamten Schuljahres war ich sehr oft krank und habe oft im Unterricht gefehlt. Manchmal ging ich halb krank und mit Fieber zur Schule, weil ich nicht dauernd fehlen wollte. Ich frage mich heute noch, wie ich es geschafft habe, unter diesen Belastungen im Unterricht zu sitzen und gute Noten zu schreiben. Nachts wachte ich oft schweißgebadet nach einem Alptraum auf. Wenn ich dann wach war, konnte ich mich nie erinnern, was ich geträumt hatte. Manchmal musste ich mich in einer Nacht sogar mehrmals umziehen, weil ich so geschwitzt hatte. Nicht selten plagten mich nächtliche Hustenanfälle oder ich konnte nicht so gut atmen, weil meine Nase von einem Dauerschnupfen total dicht war. Gelegentlich wurde ich auch von Ohrenschmerzen aufgeweckt. Und nach einer schlaflosen Nacht stellte sich dann beim Arzt heraus, dass ich mal wieder eine Mittelohrentzündung hatte. So ging es in einem fort. Eine Infektion jagte die nächste. Schließlich bekam ich dann ausgerechnet kurz vor dem Skilager mit der Schule eine Mittelohrentzündung und konnte nicht mit. Zuerst war ich traurig und enttäuscht. Aber dann machte es mir nicht mehr so viel aus, denn so bekam ich das Geld für das Skilager zu Weihnachten (sonst hätte ich das Skilager zu Weihnachten bekommen). Außerdem hatte ich sowieso keine richtigen Freunde in meiner Klasse.

Wie soll das weitergehen?

Ich musste während der zweijährigen Erhaltungstherapie täglich Tabletten (Thioguanin) schlucken und ich bekam alle zwei Wochen in der Klinik ein Medikament in die Vene gespritzt. Ich aß in dieser Zeit nicht gerade viel, weil ich nie Hunger hatte und ständig krank war. Ich wog jedenfalls nur noch 32 kg und mir wurde plötzlich unterstellt, ich hätte meine Krankheit nicht verkraftet und hätte deshalb nun psychische Probleme. Das war dann die simple Lösung dafür, dass ich keinen Hunger hatte und nichts essen konnte. Die Klinikpsychologin sagte mir, besser gesagt meiner Mutter, ich sei magersüchtig. Mit mir selbst musste sie sich da gar nicht unterhalten. Wahrscheinlich hielt sie mich für zu naiv um zu kapieren, was mit mir los war. Ich erinnere mich noch genau an die fürsorglichen Worte, die sie zu meiner Mutter sagte: »So eine Krankheit zieht doch nicht spurlos an einem Jugendlichen vorbei.« Aber was wusste sie schon von mir und von meinem Leben? Während der acht Monate Klinikaufenthalt hat sie mich kein einziges Mal selbst gefragt, wie es mir geht. Es war vielleicht was Wahres dran, dass ich im Moment Probleme hatte. Ich hatte Schwierigkeiten mich im Alltag wieder zurechtzufinden. Aber war das nicht normal, nachdem ich ein ganzes Jahr von diesem Alltag abgeschnitten gewesen war? Deshalb war ich doch noch lange nicht magersüchtig. Wie sollte ich denn Hunger haben, wenn mein Körper ständig mit Medikamenten voll gepumpt wurde und ich einen Infekt nach dem anderen hatte.
Die Psychologin schaffte es dann allerdings, nun auch meine Ärztin zu beunruhigen. Sie kündigten mir an, dass ich in der Klinik künstlich ernährt werden müsse, wenn ich nur noch 30 kg wiegen sollte, und machten mir so nur noch mehr Angst. Mir wurde gesagt, ich bräuchte dringend psychologi-

sche Unterstützung, und so landeten wir, meine Mutter und ich, eines Tages im Sprechzimmer der Klinikpsychologin. Sie redete immer und immer wieder auf mich ein, aber ich hatte absolut keine Lust, ihr zuzuhören. Was wusste sie denn schon von mir? Es blieb bei diesem ersten und letzten Besuch, weil ich mich weigerte, noch ein weiteres Mal dort hinzugehen.
Als die Erhaltungstherapie vorbei war, habe ich komischerweise ganze acht Kilo zugenommen. Es ist schon seltsam, dass nun niemand mehr auf die Idee kam, dass ich mal magersüchtig gewesen sein könnte.

Eine Party für mich

Meine Klasse wollte von dem Geld, das sich in unserer Klassenkasse angesammelt hatte, zum Pizzaessen gehen. Wir suchten also nach einem gemeinsamen Termin, an dem alle Zeit hatten. Ausgerechnet an diesem Tag waren meine Eltern nicht da und niemand konnte mich am Abend in die Stadt fahren. Deshalb bat ich Corinna, ob ich zu ihr kommen und mit ihr zu der Pizzeria fahren könnte. Sie hatte nichts dagegen und ich glaube, sie freute sich sogar ein bisschen, dass ich wieder mal zu ihr kam. Es war schön, dass ich mich mal allein mit jemandem unterhalten konnte und nicht das dritte Rad am Wagen war. Es war zwar nicht so wie früher, aber es tat mir trotzdem ganz gut. Gegen Abend fuhren wir schließlich zur Pizzeria, wo schon einige Leute aus unserer Klasse waren. Wir warteten, bis alle da waren, und bestellten dann unsere Pizzen.
Während wir aßen, tuschelte plötzlich irgendjemand etwas von einer Überraschung. Ich fragte mich, was das wohl für eine Überraschung sein sollte, und ließ es mir aber weiterhin

genüsslich schmecken. Als alle fertig waren und die Teller abgeräumt waren, wurde es auf einmal ganz still. Ich hörte nur noch ein paar Leute flüstern. Fabian räusperte sich, er wandte sich zu mir und begann plötzlich mit lauten Worten zu sprechen, als wollte er eine Rede halten: »Im Namen der Klasse 7a überreiche ich Dir dieses Geschenk.«
Er drückte mir ein Paket in die Hände. Und ich wusste nicht, was ich sagen sollte. »Danke«, murmelte ich leise. Damit hatte ich wirklich nicht gerechnet. Ich hielt das riesige Ding in meinen Händen und wusste nicht, was als Nächstes kommen würde. Schließlich sagte jemand: »Auspacken!« Natürlich, ich musste es auspacken und spürte, wie sich alle Blicke auf mich richteten. Mir wurde heiß. Nervös fummelte ich an der Schleife herum. Dieses verdammte Ding wollte einfach nicht abgehen. Ich fühlte, wie mir die Röte ins Gesicht stieg. Endlich kam jemand auf die Idee, mir ein Messer zum Durchschneiden zu holen. Schließlich bekam ich die Schleife doch noch ab und packte vorsichtig den Rest aus. In dem Paket lagen fünf CD's und ein kleiner CD-Ständer. Ich brachte schließlich ein glückliches »Danke« heraus, das ein bisschen lauter als vorhin war. Ich wurde immer verlegener und wusste nicht, wie ich zeigen sollte, dass ich mich freute.
So nach und nach löste sich dann die ganze Feier auf und am Schluss waren nur noch fünf Jungs und unser Mathelehrer übrig. Der Mathelehrer fuhr uns alle heim, was ich sehr nett von ihm fand. Das Auto war ziemlich überfüllt. Die fünf Jungs hatten sich hinten reingequetscht und ich durfte vorne sitzen. Ich fühlte mich toll auf diesem »Ehrenplatz«, aber ich war trotzdem froh, als ich endlich zu Hause war.

Ein paar Tage später brachte ich in der Stunde des Mathelehrers, der, wie ich später erfuhr, eine große Summe zu diesem Geschenk beigesteuert hatte, Kuchen für die ganze Klasse mit, um mich zu bedanken.

Der Schock und die Reise nach Amerika

Ende Februar/Anfang März begannen meine Blutwerte plötzlich rapide zu sinken. Als meine Thrombozyten ziemlich weit unter der Normgrenze lagen, veranlasste die Ärztin eine Knochenmarkpunktion. Da kamen wieder alte Gefühle auf. Es würde doch nichts Ernsthaftes sein?
Wir mussten noch zum Anästhesisten wegen der Narkose, und dann ging es ab nach Hause.

Vier Tage später musste ich zur Punktion in die Klinik kommen. Mein Vater war auch mitgefahren, obwohl er das sonst nie tat. Ich glaube, meine Eltern machten sich große Sorgen, dass ich wieder einen Rückfall haben könnte. Ich hatte ebenfalls Angst, zum Teil vor einem Rückfall und zum anderen befürchtete ich, dass mein Knochenmark kein Blut mehr produzierte. Ich versuchte mir nicht auszudenken, was passieren würde, wenn das so war.

Als die Punktion vorbei war, wurden meine Eltern zu der Ärztin ins Sprechzimmer gerufen. Was hatte das schon wieder zu bedeuten? Angst überfiel mich. Eine Schwester nahm mir in der Zwischenzeit die Infusion ab und ich konnte mich anziehen. Ich schaltete den Fernseher an um mich abzulenken, aber eigentlich interessierte mich das Programm gar nicht. Ich fuchtelte nervös mit meinen Fingern herum und langsam wurde ich wirklich unsicher. – Endlich, da kamen meine Eltern!
Sie strahlten wie zwei Honigkuchenpferde und da wusste ich, dass alles in Ordnung war. Die Ärztin war auch mit auf die Station gekommen und erklärte mir ausführlich, was los war: Mein Knochenmark war von den Medikamenten der Erhal-

tungstherapie so geschwächt, dass es Mühe hatte, mit der Produktion neuer Blutzellen nachzukommen. Seit zwei Monaten eine Höchstdosis von 80 mg Thioguanin, das war einfach zu viel für mich. Jetzt war eine Therapiepause angesagt, die wahrscheinlich schon viel früher nötig gewesen wäre.
In den zwei Monaten Pause blühte ich auch tatsächlich richtig auf. Ich hatte wieder Appetit und es ging mir richtig gut. Ich nahm sogar fast zwei Kilo zu.

Auf dem Nachhauseweg, nach der Punktion, grinsten mich meine Eltern die ganze Zeit über schelmisch an und ich wusste, dass irgendwas im Busch war. »Na, raus mit der Sprache, was ist los? Warum grinst ihr so?« – »Sag du's ihr!«, forderte meine Mutter meinen Vater auf. Mein Vater räusperte sich und begann: »Du hast eine Reise nach Amerika gewonnen.« Ungläubig schaute ich ihn an. »Willst du mich verschaukeln?«, entgegnete ich. – Aber meine Eltern grinsten schon wieder. Sie sagten mir, dass ich ohne sie dort hinfliegen würde. Jetzt verstand ich nur noch Bahnhof. War es vielleicht eine Forschungsreise? Ich bat meine Mutter mir zu sagen, was das zu bedeuten hatte; und sie erzählte mir, was das im Klartext hieß:
Jedes Jahr werden in Deutschland einige Kliniken ausgelost, von denen jeweils ein paar krebskranke bzw. ehemalige krebskranke Jugendliche nach Amerika in das »HOLE IN THE WALL GANG CAMP« fliegen dürfen. Das »HOLE IN THE WALL GANG CAMP« wurde von dem amerikanischen Schauspieler Paul Newman für krebskranke Jugendliche gegründet und wird auch von ihm finanziert. Und ich hatte das Glück, dieses Jahr bei den Auserwählten zu sein!

Ich konnte es nicht fassen. Ich durfte wirklich und wahrhaftig nach Amerika, in das Land der tausend Möglichkeiten.

New York!

Die Sommerferien rückten näher und mit ihnen meine lang ersehnte Reise nach Amerika. Ich hatte inzwischen erfahren, dass Schwester Christine, die in der Ambulanz arbeitete, als Betreuerin mit uns nach Amerika fliegen würde. Ich kannte Schwester Christine ziemlich gut, weil ich sie alle zwei Wochen in der Ambulanz sah, und ich war froh, dass sie uns begleitete. Ich hatte inzwischen auch ausfindig gemacht, wer die beiden anderen Jugendlichen aus meiner Klinik waren, die ebenfalls nach Amerika fliegen würden. Ein paar Tage vor der großen Reise hatten wir mit Schwester Christine vereinbart, dass wir uns direkt an dem Morgen vor dem Flug an der Klinik treffen wollten um dann alle vier gemeinsam zum Flughafen zu fahren.

Nun stand ich also zum ersten Mal in meinem Leben auf einem Flughafen. Ich war total überdreht und nervös und ich muss zugeben, ich hatte ein bisschen »Bammel«. Es war das erste Mal, dass ich ohne meine Eltern für längere Zeit und so weit weg verreiste. Ich hatte zuvor noch nie in einem Flugzeug gesessen und war sehr gespannt, wie es wohl sein würde, über den Wolken zu schweben. Wir brachten schließlich meinen Koffer zur Gepäckabgabe und nun ging es los. Ich verabschiedete mich von meinen Eltern. Ich drückte sie noch ein letztes Mal und hatte fast ein paar Tränen in den Augen. Plötzlich rüttelte mich meine innere Stimme wach und flüsterte mir zu, dass es überhaupt keinen Grund zum Traurigsein gab. Ich würde jetzt nach Amerika fliegen und schließlich konnte ich nicht ewig am Rockzipfel meiner Eltern hängen. Auf einmal waren die Tränen aus meinen Augen wie weggeblasen und ein Lächeln breitete sich über mein Gesicht aus.

Schwester Christine, die anderen Mitreisenden und ich gingen durch die Kontrolle und wurden von oben bis unten mit einem »Piepser« abgetastet. Mit einem letzten Tschüss verschwanden wir schließlich in Richtung Wartehalle.

Endlich saßen wir im Flugzeug. Jessica war inzwischen noch zu uns gestoßen, wir waren nun zu fünft. Die Motoren setzten sich in Bewegung – wir hoben ab. Ein seltsam flaues Gefühl breitete sich in meinem Magen aus, ich hatte einen starken Druck auf den Ohren und fühlte mich plötzlich so leicht. Es war, als würden tausend Schmertterlinge in meinem Bauch tanzen. Ich schaute aus dem Fenster und sah, dass der Boden weit unter uns lag. Wir flogen.

In Frankfurt landeten wir auch schon wieder und trafen dort die anderen Mitreisenden. Wir waren insgesamt zwölf: zehn Jugendliche und zwei Betreuer. Ich hatte mich inzwischen mit Jessica angefreundet und so beschlossen wir, auf dem Flug nach New York nebeneinander zu sitzen.

Wir landeten schließlich in New York auf dem Flughafen. Nachdem auch der Letzte seinen Koffer wieder hatte, wurde uns gesagt, dass wir gut auf unser Gepäck aufpassen sollten. Einer Gruppe, die vor uns das Vergnügen hatte, wurde nämlich die Tasche, in der sich alle Tickets befanden, geklaut. Lange mussten wir allerdings nicht auf unsere Koffer aufpassen, da wir gleich mit einem Bus vom Flughafen abgeholt wurden. Während der Fahrt zum Hotel konnten wir dann ein bisschen die Stadt bestaunen.
Ich konnte es nicht fassen, ich war wirklich in New York. Die riesigen Wolkenkratzer, die breiten Straßen und die Menschenmengen, die sich überall tummelten! Ich glaubte, ich sei in einem Hollywoodfilm gelandet. Ganz besonders staunte ich aber über einen mindestens drei Kilometer langen Fried-

hof. Ein Stein war an den anderen gereiht und alle sahen gleich aus. Ich fragte mich, wie die Angehörigen der Verstorbenen jemals ihre Gräber finden sollten. Ich hätte nie gedacht, dass ein Friedhof so interessant sein könnte, aber was dachte ich länger über Friedhöfe nach? Ich war mitten in New York!

Schließlich kamen wir in unserem Hotel an. Als wir aus dem Bus ausstiegen, schlug uns ein Hitzeschwall entgegen. Deshalb waren wir über die kühle Empfangshalle froh. Das Hotel war wirklich nicht schlecht. Nein, im Gegenteil, es war sehr luxuriös, und es sah nicht so aus, als könnten ärmere Leute es sich leisten, hier zu wohnen. Die Empfangshalle war von glänzend schwarzem Marmor umhüllt, überall standen bequem gepolsterte Sessel herum. Plötzlich tauchte jemand vom Zimmerservice auf. Er trug eine Uniform wie ein Butler in einem Film. Er nahm uns das Gepäck ab und brachte es in unsere Zimmer. Wir wohnten im 22. Stock, etwa in der Mitte des Hotels. Unser Zimmer war nicht weniger luxuriös als die Eingangshalle. Der ganze Raum war mit schwarzen, glänzenden Möbelstücken ausgestattet. Die hellen grau melierten Tagesdecken der Betten stachen davon ab. Die Betten hatten beinahe die Größe eines Doppelbettes. In einem kleinen Schränkchen davor stand ein Fernseher. Unser Badezimmer war ebenfalls ein Traum: Die ganze Wand war verspiegelt, Waschbecken und Badewanne glänzten in schillerndem Marmor. Jessica und ich probierten das Bad noch am gleichen Tag aus und als ich in der Marmorwanne saß, fühlte ich mich fast wie Cleopatra.

In den zwei Tagen, die wir in New York verbrachten, haben wir allerhand erlebt: Bei einer abendlichen Schiffsrundfahrt haben wir die berühmte »Statue of Liberty« während eines wunderschönen Sonnenuntergangs gesehen. Ich war auf dem »Empire State Building«, von da oben hatten wir eine fantastische Aussicht über New York. Es ist wirklich erstaunlich, wie schnell man mit dem Fahrstuhl ganz oben in diesem hohen Gebäude ist. Wir waren am New Yorker Hafen, dort haben wir in einem Restaurant mit Blick auf den Hafen zu Mittag gegessen. Danach waren wir in einer kleinen Einkaufsstraße, wo wir persönliche Dinge, wie Geschenke oder anderes kaufen konnten. Wir waren leider nicht am »Broadway«, aber da hätten wir dann wahrscheinlich ein paar Geldscheine mehr in der Tasche haben müssen.

Zum Schluss haben wir mit einem Bus eine kleine Stadtrundfahrt durch Manhattan gemacht. Bei der Rundfahrt gab es so viel zu sehen, dass wir gar nicht schnell genug schauen und fotografieren konnten. Einmal haben wir sogar in einer »echt amerikanischen Pizzeria« zu Abend gegessen. Die Pizzen waren wirklich nicht schlecht, nur ein bisschen fett – wie amerikanisches Fastfood eben. Anschließend haben wir einen Nachtspaziergang durch Manhattan gemacht, wobei wir die ganze Zeit nach einem »Levis Shop« Ausschau gehalten haben, weil ich mir unbedingt eine schwarze Levis kaufen wollte. Leider haben wir keinen gefunden. Aber Anne, eine amerikanische Betreuerin, die zu uns ins Hotel gekommen war, ist extra mit mir in einem echten knallgelben New Yorker Taxi zu einem »Levis Shop« gefahren. Ich habe in meinem Leben noch nie so viele Jeans wie in diesem Geschäft gesehen. An den hohen Wänden standen riesige Regale, in denen so viele Hosen gestapelt waren, dass kein normaler Mensch sich mehr darin zurechtfinden konnte. Ich habe schließlich meine schwarze Levis gekriegt – es wäre auch sehr außergewöhnlich gewesen, wenn es in diesem riesigen Geschäft keine Hose für mich gegeben hätte.

Ich glaube, ich habe noch nie innerhalb so kurzer Zeit so viel gesehen wie in diesen zwei Tagen. Dieser Aufenthalt in New York war wirklich sehr aufregend, man kann fast schon sagen: ein kleines Abenteuer. Aber leider war die Zeit, die wir in New York verbrachten, auch viel zu kurz.

THE HOLE IN THE WALL GANG CAMP

Am Morgen unseres dritten Tages in Amerika fuhren wir mit einem Bus zum »HOLE IN THE WALL GANG CAMP«. Das Camp war ungefähr drei Autostunden von New York entfernt. Mir kam die Fahrt endlos vor, denn wir waren schon sehr ungeduldig und fragten alle fünf Minuten bei unseren Betreuern nach, wann wir denn da seien.
Endlich, nach über drei Stunden, sahen wir das Tor aus Baumstämmen, auf dem deutlich »HOLE IN THE WALL GANG« zu lesen war. Wir waren im Bus schon halb eingenickt, weil wir von den letzten aufregenden Tagen in New York ziemlich geschafft und müde waren und nicht gerade viel geschlafen hatten. Jetzt waren plötzlich alle wieder hellwach. Gespannt schauten wir aus den Fenstern, während wir durch das Gelände zum Hauptgebäude fuhren. Als ich aus dem kühlen Bus stieg, hätte es mich vor Hitze fast umgehauen. Ich war froh, als wir endlich in unsere Bude durften.

Alle Jugendlichen und Kinder im Camp wurden je nach Alter in verschiedene »Units« untergliedert. Es gab insgesamt fünf Units, die nach den Farben des Regenbogens benannt waren. Ich teilte meine Unterkunft mit Jessica, Andrea, Nina, Marina, Christa aus Österreich, zwei Amerikanerinnen und den vier amerikanischen Betreuerinnen Vanessa, Susan, Jenny und Michelle. Unsere Hütte bestand – wie alle anderen auch – aus zwei Schlafräumen, einem für die Betreuer und einem für uns, einem Aufenthaltsraum und einem Bad. Insgesamt war die Hütte sehr groß und da fast alles aus Holz war, sah es darin ziemlich urig aus. In unserem Schlafraum (ich glaube, es war der unordentlichste vom ganzen Camp) standen vier Stockbetten und zwei normale Betten sowie sechs große Holzkisten für unsere Sachen. Wir hatten sehr viel Platz, also verteilte sich die Unordnung wenigstens besser über das ganze Zimmer. In den übrigen beiden Holzhäusern unserer Unit schliefen die Jungen, auch die fünf deutschen Jungen. Sie waren deshalb deutlich in der Überzahl.

Das Wichtigste im ganzen Camp war die riesige runde Speisehalle. Die Tische in der Speisehalle waren im Kreis aufgestellt und in der Mitte war eine größere runde Fläche frei, wo nach dem Essen oft getanzt wurde. Jede Unit hatte seine eigenen Tische und es aßen alle Jugendlichen, Kinder und Betreuer zusammen in der riesigen Speisehalle. Deshalb ging es auch immer tierisch ab, wenn zum Beispiel die verschiedenen Units ihre Lieder sangen oder alle wie wild mit ihren Plastikbechern auf die Tische hämmerten. Dann war es alles andere als leise! Aber es machte Spaß, sich »unzivilisiert« zu benehmen, einfach herumzuschreien und das zu tun, wozu man gerade Lust hatte. Alles natürlich in Maßen. Nach und vor den Essen ging es immer besonders wild zu, vor allem nach dem Essen, wenn alle wie verrückt auf der Tanzfläche in der Mitte des Speisesaales herumhüpften. Manchmal machten wir auch irgendwelche Spiele oder wir sangen selbst etwas vor. Meistens tanzten wir aber und sangen laut dazu mit.

Als wir das erste Mal in der Speisehalle waren, tanzte ich mit Tim, einem amerikanischem Betreuer unserer Unit. Als Tim mich zum Tanzen aufforderte, überlegte ich zuerst, ob ich mich auf die Tanzfläche wagen sollte. Doch dann dachte ich: »Langweilen kann ich mich auch daheim!« Also machte ich einen Satz über die Bank, auf der ich saß, und stand im nächsten Moment in der Mitte der Speisehalle, wo schon einige andere wild herumhüpften und laut sangen. Wir alberten auch auf der Tanzfläche herum und bogen uns vor Lachen, weil wir die verrücktesten Tänze erfanden. Ich habe in meinem ganzen Leben noch nie so viel Spaß gehabt und so viel gelacht. Wie die meisten Betreuer im Camp war Tim noch ziemlich jung. Einige von den Betreuern haben sogar selbst schon Krebs gehabt.

Als alle fertig getanzt, gesungen und gelacht hatten, wurden von Mark fünf Kärtchen in den bunten Farben des Regenbogens – blau, lila, rot, gelb und grün – in eine Schachtel geworfen. Ihm wurden die Augen verbunden und dann griff er in die Schachtel und zog ein Kärtchen heraus. Die Unit, dessen farbiges Kärtchen er gezogen hatte, durfte zuerst die Speisehalle verlassen, denn wenn alle gleichzeitig aus der Speisehallle gestürmt wären, hätte das ein heilloses Durcheinander gegeben. Mark war übrigens sozusagen der »Chef« des Speisesaals. Er gab wichtige Mitteilungen über das Mikrofon bekannt und machte ab und an lustige Spiele mit uns. Das »Kärtchenziehen« fand übrigens nicht nur nach, sondern auch manchmal vor dem Essen statt. Vor dem Essen war es immer besonders lustig, wenn alle draußen rumstanden und jede Unit versuchte, die anderen mit ihren Liedern und mit Gebrüll zu übertreffen.
Zu essen gab es im Camp oft Hamburger, Pommes usw. Wenn man gerne zu Mc Donald's geht, war das wahrscheinlich das beste Essen, das man sich erträumen konnte. Da ich aber nicht so gerne dorthin gehe, war das Essen im Camp nicht gerade mein Fall. Alles war so fett und immer gab es dasselbe, eben typisches amerikanisches Fastfood. Aber dafür

gab es eine leckere Zitronenlimonade (Paul Newman's Own). Ich habe noch nie so gute Limo getrunken!

Es gab sogar einen See im Camp, wo wir mit verschiedenen Booten fahren oder auch angeln konnten. Wir selbst durften aber nicht in dem See baden, weil die Betreuer so zu leicht den Überblick verloren hätten und sich dieses Gewässer nicht allzu gut zum Baden eignete. Aber dafür hatten wir einen großen Swimmingpool. Um das Becken standen lauter Liegestühle herum und es gab die verschiedensten »Sachen«, die wir mit ins Wasser nehmen konnten, z. B. Bälle und Ringe zum Tauchen. Am beliebtesten waren die »Nudeln«, das sind ungefähr 1,5 m lange und 10 cm breite Styroporstangen, die im Wasser schwimmen. Mit diesen Dingern konnte man die verrücktesten Sachen anstellen, da sie ja nicht untergingen. Sie waren im ganzen Pool verteilt.

Außerdem gab es eine Turnhalle, in der wir die verschiedensten Sachen machen konnten. Es gab sogar einen Billardtisch, wir konnten Tischtennis spielen, es gab Bälle und Seile zum Springen. Und wem das nicht genug war, der konnte sogar zum Reiten in die Reithalle oder nach draußen gehen. Für alle, die sich nicht so gerne anstrengten, war natürlich ebenfalls gesorgt. Bei »Arts and Crafts« konnten wir uns künstlerisch betätigen. Wir konnten Freundschaftsbänder und Ketten machen oder auch andere Dinge basteln. Wer sich lieber mit härteren Materialien beschäftigte, konnte in den Woodshop gehen und sich dort selbst ein Motiv auf eine Holztafel brennen.

Für die Kreativen gab es sogar extra eine Theatergruppe und zusätzlich probte jede Unit für ihren Auftritt am großen Theaterabend. Wir sangen an diesem Abend ein deutsches Lied und führten einen Tanz auf.
Es war wirklich für jeden etwas da und für genügend Ab-

wechslung gesorgt. Uns wurde bestimmt nie langweilig. Aber die schönsten Stunden verbrachten wir immer, wenn die ganze Unit zusammen war, wie zum Beispiel in der Speisehalle.

Das Leben kann so schön sein

Im »HOLE IN THE WALL GANG CAMP« gab es so viele nette und liebe Menschen, dass ich schon einen halben Roman schreiben müsste um sie alle aufzuzählen. Deshalb werde ich mich jetzt auf die beschränken, mit denen ich die meiste Zeit verbrachte und den meisten Spaß hatte.

Die meiste Zeit im Camp verbrachte ich mit Jessica und mit Vanessa und Susan, den zwei amerikanischen Betreuerinnen unserer Hütte. Vanessa war erst 19, sie war sehr groß, hatte dunkles schulterlanges Haar und ein paar Sommersprossen auf der Nase. Susan war nicht viel älter als Vanessa. Sie hatte haselnußbraunes langes Haar und war sehr hübsch. Wir saßen oft abends mit den beiden und den anderen aus unserem Holzhaus in unserem Schlafraum und alberten herum. Wir versuchten, so gut es ging, uns auf Englisch zu verständigen. Manchmal »sprachen« wir nur mit Händen und Füßen und das sah meistens zum Umfallen komisch aus. Aber wir konnten uns so sehr gut verständigen.

Irgendwann, wenn es schon später war, hieß es »Schlafengehen« und alle verabschiedeten sich. Noch eine letzte Umarmung, noch ein Gutenachtküsschen und das Licht ging aus. Bei uns war dann natürlich noch lange nicht Schluss. Im Dunkeln ging es weiter mit dem Gekicher. Jessica und ich schliefen in einem Stockbett, sie unten und ich oben. Einmal pennten wir sogar eine Nacht in einem Bett, nur so als Gag. Es war zwar ziemlich eng, aber so herrlich kindisch und verrückt. Vanessa und Susan hätten wir am liebsten auch mit ins Bett genommen. Am Abend verabschiedeten sie sich immer mindestens fünfmal, weil wir mit der Zeit wirklich unzertrennlich wurden. Jessica und ich lagen abends, wenn schon das Licht aus war, oft noch zusammen in einem Bett um uns besser unterhalten zu können. Wir führten dann im Flüsterton aufregende Gespräche über unseren Schwarm oder oft erzählten wir uns einfach nur die blödsten Sachen, dass wir vor Lachen fast ins Bett pinkelten. Wenn dann aus irgendeiner Ecke unseres Schlafraums ein »Ruhe« oder »Jetzt seid doch endlich mal still« kam, legten wir uns wieder in unsere Betten zurück und schliefen endlich.

Das Gesprächsthema Nummer 1 bei Jessica und mir war meistens Jungs. Jessica hatte sich in Steven, einen Jungen aus unserer Unit und ich mich unglücklicherweise in einen Betreuer verliebt. Es passierte, als wir zum ersten Mal vom Swimmingpool zurückkamen und es zu regnen begann. Ich flüchtete so wie fast alle nach drinnen. Nur Mike, so hieß mein Schwarm, tanzte noch draußen in der Badehose herum. Ich schaute aus dem Fenster und beobachtete ihn. Er hatte schwarzes kurzes Haar und wunderschöne dunkle Augen. Sein Körper war sehr muskulös und er trug blaue Shorts als Badehose. In diesem Moment machte es bei mir Klick – und ich hatte mich verliebt. Wenn ich auch zuvor nicht an »Liebe auf den ersten Blick« geglaubt hatte, ab diesem Moment tat ich es. So nach und nach brachte ich alles Mögliche über ihn in Erfahrung, wie er hieß usw. Mike war noch ziemlich jung. Ich schätze, so um die 20. Er sah wirklich gut aus, aber er war kein Macho. Nein, er hatte so eine humorvolle nette Art, die ihn sympathisch machte. Ich glaube, seine Lieblingsfarbe war blau. Er trug immer eine blau-türkise Basketballmütze, nach der ich oft Ausschau hielt. Aber meistens musste ich nur nach Phillip suchen, und da war Mike auch nicht weit. Phillip war einer von den deutschen Jungen unserer Unit. Er war blind. Am Anfang empfand ich Mitleid für ihn, denn ich finde, es kann nichts Schlimmeres geben, als wenn man sein Augenlicht verliert. Aber später verwandelte sich dieses Mitleid in Bewunderung, wie gut er mit seiner Blindheit umgehen konnte. Phillip hat mir erzählt, dass er mit fünf Jahren am Auge einen Tumor hatte und dadurch sein Augenlicht verloren hat. Phillip hat gemeint, dass er froh wäre, dass er nicht von Geburt an blind gewesen sei. Denn so könne er sich zumindest vorstellen, wie die Farben und Formen bestimmter Dinge aussehen. Ich fand es wirklich bewundernswert, wie dankbar er für diese Jahre war, in denen er noch sehen konnte. Trotzdem gab er die Hoffnung nicht auf, irgendwann einmal wieder sehen zu können. Mike kümmerte sich wirklich rührend um Phillip. Wenn er ihn auf seinen Schultern spazieren trug, beneidete ich ihn sogar fast ein bisschen.

Im Pool lernte ich Mike dann richtig kennen, d.h. ich beobachtete ihn nicht nur aus zehn Meter Entfernung. Wir spielten zu dritt Beachball, Mike, Jessica und ich. Jessica hatte dann plötzlich keine Lust mehr und wir spielten zu zweit weiter. Ewig warfen wir den Ball hin und her. Am liebsten hätte ich gar nicht mehr aufgehört. Ab und zu spritzten wir auch Tim nass, der am Beckenrand saß, oder ließen uns ganz »zufällig« in seiner Nähe ins Wasser fallen, dass es spritzte. Tim ließ sich das natürlich nicht gefallen und ein Schwung Wasser kam zurück.
Mike und Tim waren schon zwei chaotische Typen, ich konnte mit ihnen Spaß ohne Ende haben. Ich kann mich da noch an ein total witziges Erlebnis mit den beiden erinnern:
Wir waren so ziemlich die ersten vor der Speisehalle beim

Abendessen. Wir stellten uns also an die Tür um die anderen durch einen Händeklatsch im Speisesaal zu begrüßen. Bei vielen Essen war das so, dass die »Ersten« sich vor die Eingangstür stellten um die anderen zu begrüßen und ich finde, das war ein schöner Brauch. Da an diesem Abend nun alle nur so nach und nach eintrudelten, begannen wir, d. h. Tim, Mike, Billy und ich, auf einmal wild zu tanzen. Mit einem Arm eingehakt drehten wir uns im Kreis herum. Zwischendurch wechselten wir immer wieder den Partner und begrüßten die anderen. Wir blödelten die ganze Zeit über nur rum, machten Unsinn und lachten uns halb tot. Als wir dann zum Essen gingen und Mike seinen Arm um meine Schulter legte und mich so zum Tisch begleitete, glaubte ich auf Wolke sieben zu schweben.

Besonders lustig waren auch die »Schokopuddingessen« ohne Hände. Danach sahen alle wie Ferkel aus. Es machte außerdem sehr viel Spaß, die Sprüche unserer Unit durch die Speisehalle zu schreien, wie zum Beispiel, »Have you got a big blue butt ..?« (Ich verrate jetzt nicht, was das heißt.) Und wenn wir alle Arm in Arm dastanden und z. B. »We are the World« sangen, bekam ich sogar eine Gänsehaut und die Glückshormone in mir sprudelten geradezu über, weil es so schön war.

Irgendwann geht alles vorbei

Die Zeit im Camp verging wie im Flug und so kam schließlich der Abschiedsabend. Das ganze Camp hatte sich im Theater versammelt und jeder wurde zum Abschluss mit einer Urkunde ausgezeichnet. Jeder Einzelne durfte auf die Bühne.

Dort wurde er nacheinander von allen Betreuern, die er kannte, umarmt und bekam seinen Applaus. Ich dachte zuerst: »Das kann ja ein toller Abschiedsabend werden!« Als dann aber mein Name aufgerufen wurde, fing mein Herz plötzlich wild zu pochen an. Ich lief die Stufen zur Bühne hinauf und fiel zuerst Tim in die Arme, der gleich an der Treppe stand. Monica verlieh mir meine Urkunde und drückte mich fest an sich. Da standen sie nun alle der Reihe nach: Susan, Vanessa, Mike, Jenny, Tim, Michelle ... und nahmen mich fest in den Arm. Ich habe mich noch nie so gut gefühlt. Ich kam mir vor wie ein kleiner Star. Als ich dann meinen Applaus bekam, dachte ich wirklich, ich wäre ein berühmter Popsänger. Es war ein unglaubliches Gefühl, das sich nicht in Worte fassen lässt.
Als alle ihre Urkunde erhalten hatten, gingen wir zurück zum Quartier unserer Unit. Dort feierten wir noch unsere ganz persönliche Abschiedsparty. Wir setzten uns alle in einen Kreis, in dessen Mitte lauter kleine Teelichter leuchteten. Nun wurde jedem seine ganz persönliche Urkunde mit einem Gruppenbild der »Blue Unit« überreicht und auf ihr stand unser Unitspruch: »Martina has got a big blue butt.« Jeder bekam dann noch ein kleines Buch mit den Liedern vom Camp und ein paar freien Seiten um sich gegenseitig etwas Nettes zum Abschied reinzuschreiben und eine Kette mit einem blauen Stein. Tim, der gerade neben mir im Kreis saß, band mir die Kette um. Ich habe sie bis heute kein einziges Mal abgelegt. Manchmal halte ich den blauen Stein in meiner Hand und denke an die schöne Zeit im Camp und an die netten Menschen.

An diesem Abend waren alle plötzlich ganz traurig, denn es blieben nur noch wenige Stunden, die wir gemeinsam verbringen konnten. Der Kreis löste sich langsam auf. Ich ging zuerst zu Vanessa, um sie in mein Buch schreiben zu lassen.

Ihre Augen glänzten und auf einmal mussten wir beide heulen. Wir standen fest umschlungen da und weinten. Schließlich lächelten wir uns an und beschlossen diese letzten paar Stunden, die uns blieben, fröhlich zu verbringen und zu genießen. Ich ließ auch noch alle anderen in mein Buch schreiben und schließlich landete ich bei Mike. Er forderte mich auf mich auf seinen Schoß zu setzen. Er legte seinen Arm um meine Schulter und ich meinen um seine. Unsere Wangen berührten sich und ich spürte seine weiche Haut. Mike schrieb auch in mein Buch und sagte mir, ich müsse ihm unbedingt schreiben. Wir saßen lange so da und ich fühlte mich wie im siebten Himmel. Als es dann schon ziemlich spät war und wir reingehen mussten, drückte ich Mike einen Kuss auf die Wange und verdrückte mich mit einem sanften »Good night«.

Am nächsten Morgen hieß es Abschiednehmen von unserer Bude, denn wir würden nach dem Frühstück nicht zurückkommen. Ein letztes Mal schauten wir alles durch, damit wir auch nichts vergessen hatten, und ein letztes Mal sahen wir uns um. In diesem Moment wurde mir bewusst, dass ich wahrscheinlich nie mehr hierher zurückkommen würde.
Ich brachte an diesem Morgen keinen Bissen hinunter. Als wir vor dem Theater standen und auf unseren Bus warteten, überfiel mich plötzlich Panik. Ich hatte plötzlich solche Angst, dass der Bus zu früh kommen würde und ich vor der Abfahrt nicht mehr alle sehen könnte. Aber schließlich konnte ich mich doch noch von allen verabschieden. Zuerst umarmte ich Anne und wieder rannen mir Tränen über die Wangen. Ich drückte auch alle anderen und zuletzt Mike. Ich stand ewig da, den Kopf an seine Brust gelehnt und weinte. Ich konnte nicht mehr aufhören und weinte sein ganzes T-Shirt nass. Er versuchte mich zu beruhigen und sagte immer wieder »It's good, Martina!« Dann setzte er mir seine blau-türkise Basket-

ballmütze auf und lächelte mich an. Er brachte mich zum Bus, hob mich hoch und gab mir einen Kuss auf die Wange.

Wir fuhren los und bald waren wir weit weg vom Camp. Ich wusste, dass ich das alles hier sehr vermissen würde. Ich weinte im Bus noch eine Weile und Phillip, Jessica und Marina versuchten mich zu trösten. Später schämte ich mich ein wenig, weil ich so geheult hatte.
Der Flug nach Hause war nicht halb so aufregend wie der Flug nach New York und außerdem bedauerten wir alle sehr, dass die schöne Zeit im Camp schon zu Ende war. Wir alle wären gerne noch länger dort geblieben und einige machten Witze, dass es schön wäre, wenn wir unsere Flugtickets verloren hätten und deshalb noch länger bleiben könnten. Natürlich hatten wir die Tickets nicht verloren. Deshalb saßen wir dann auch ein paar Stunden später in der Maschine Richtung Deutschland. Der Flug war sehr anstrengend, denn wir waren alle sehr müde und erschöpft.

Als ich zu Hause ankam, legte ich mich ins Bett und schlief 23 Stunden ohne Unterbrechung. Ich freute mich gar nicht daheim zu sein und mir kam plötzlich alles so fremd und komisch vor. So hart das jetzt klingt, aber ich wäre am liebsten für immer im »HOLE IN THE WALL GANG CAMP« geblieben. Dort habe ich zum ersten Mal erfahren, was es bedeutet, richtig glücklich und frei zu sein.
Das »HOLE IN THE WALL GANG CAMP« hat sich seinen Namen verdient. Es war wirklich ein Loch in der Wand zur übrigen Welt, in das man flüchten konnte. Niemand starrte irgendjemanden blöd an oder stellte dämliche Fragen.
Alle im Camp hatten etwas Ähnliches wie ich durchgemacht und das verband uns. Niemand war ausgeschlossen oder wurde nicht akzeptiert. Alle gehörten dazu. Das Gemeinschaftsgefühl, das ich dort erlebt habe, werde ich nie verges-

sen. Als ich wieder zu Hause war, war mein Selbstbewusstsein so gut wie noch nie. Ich wusste nun, dass ich gemocht und akzeptiert wurde, auch ohne dass ich aussah wie Claudia Schiffer. Alle, die nur auf das Äußere eines Menschen sehen, bedeuten mir nichts.

Ich kann nicht mehr!

Das Leben besteht aus vielen Höhen und Tiefen. Manchmal könnte man vor Glück weinen und versteht die Menschen, die traurig sind, nicht. Und ein anderes Mal steht man am Rand eines Abgrunds und droht hinunterzufallen. Ein Hoch kann sehr bald vorbei sein. Oft schneller, als man denkt.
Nach den schönen Tagen und Erlebnissen in den Sommerferien hätte ich nicht gedacht, dass ich so schnell wieder in ein Tief fallen könnte. Aber als die Schule wieder anfing, ging es von Tag zu Tag bergab mit mir, und das in jeder Hinsicht. Ich wurde urplötzlich total schlecht in der Schule, ich war nach einer längeren Sommerpause wieder ständig krank und hatte keine richtigen Freunde, mit denen ich über meine Probleme sprechen konnte. Wenn ich von der Schule nach Hause kam, musste ich mich meistens gleich nach dem Essen hinlegen, weil ich so erschöpft war. Ich ging schon völlig unmotiviert hin und hatte sogar Angst vor einigen Lehrern. Ich fragte mich, wie ich das alles noch schaffen sollte, und stand manchmal kurz vor einem Zusammenbruch. Alles wuchs mir über den Kopf und ich konnte nichts Schönes mehr sehen. Ich konnte nichts mehr leisten, ich hatte zu nichts mehr Lust und ich wusste nicht warum. Ich fragte mich ständig nach dem Grund, der mich in dieses tiefe Loch gestoßen hatte, aber ich fand ihn nicht.

Der einzige Mensch, mit dem ich über meine Probleme reden konnte, war meine Mutter. Es tat gut, wenn sie mich umarmte, wenn es mir schlecht ging, und sie mich tröstete, wenn ich kläglich heulte wie ein kleines Kind. Es war schön, dass es einen Menschen wie meine Mutter gab. Aber eine Mutter ist eben keine Freundin. Bestimmte Dinge erzählt man seinen Eltern eben nicht, über die will man lieber mit Gleichaltrigen reden. Ich suchte deshalb ständig nach jemandem, mit dem ich über alles sprechen konnte, und mir schien es, als würde so jemand nicht existieren.

Ich hatte zwar in der Schule eine »neue Freundin« gefunden, aber im Grunde war sie keine richtige Freundin. Sie nutzte mich nur aus, unter anderem auch meine gesundheitliche Lage. Im Unterricht forderte sie mich ständig auf, zu sagen, dass mir schlecht sei oder dass ich Nasenbluten hätte, nur damit sie mich aufs Klo begleiten konnte. Manchmal verlangte sie sogar von mir, dass ich sagen solle, ich wollte nach Hause und sie müsste mich begleiten. Das habe ich natürlich nicht getan, aber ich ließ mich trotzdem voll von ihr ausnutzen. Je länger ich mit ihr zusammen war, desto mehr wollte sie über mich bestimmen. Ich war wirklich blind, dass ich auf jemanden vertraute, der mich nicht ein einziges Mal fragte: »Wie geht es Dir?« Selbst wenn ich zwei Wochen krank war, hat sie nicht ein einziges Mal bei mir angerufen und gefragt, was los ist. Ich habe mich dann so nach und nach wieder von dieser »falschen Freundin« abgekapselt und war froh, dass sie nach dem Schuljahr unser Gymnasium verlassen hat.

In der Zeit ging auch die Freundschaft mit meiner ehemals besten Freundin Regina auseinander und mir kam es vor, als wollte keiner mehr was mit mir zu tun haben und als stellte sich die ganze Welt gegen mich. Natürlich war das nicht so, aber ich sah es so. Und vielleicht wollte ich es so sehen. Auch die Lehrer in der Schule nervten mich und ich fragte mich, ob manche von ihnen mit geschlossenen Augen durch die Welt liefen. Es war schon traurig, wenn ein Lehrer nicht einmal bemerkte, dass ich zwei Wochen krank war. Beim Elternsprechtag fragten meine Mutter zwar fast alle Lehrer, zumindest die, die von meiner Krankheit wussten, wie es mir ginge. Das war ja sehr nett, aber ich fragte mich trotzdem manchmal, ob sie das nur aus Höflichkeit taten oder ob sie sich wirklich dafür interessierten. Vielleicht erwartete ich auch einfach zu viel von den Menschen, die mich im Prinzip ja gar nicht kannten.

Unser Reli-Lehrer fragte mich zu dieser Zeit einmal, ob es eine Ursache für meine so erhebliche Verschlechterung in der Schule gebe und ob der Geräuschpegel in unserer Klasse auch dafür verantwortlich war. Da ich so spontan keine Antwort wusste, durfte ich mir bis zur nächsten Stunde eine überlegen. Fieberhaft dachte ich nach, was ich in der darauf folgenden Stunde sagen sollte. Doch das war ein Problem, weil ich die Antwort auf diese Frage selbst nicht wusste. So beschloss ich, alles auf meine gesundheitliche Verfassung abzuschieben. Nur die allein konnte es zwar nicht sein, sonst wäre ich schließlich in dem vorigen Jahr auch so schlecht in der Schule gewesen. Aber da mir nichts Besseres einfiel, sagte ich dann in der Reli-Stunde, dass es mir oft nicht so gut ginge.

Es waren sicher auch andere Dinge dafür verantwortlich, dass ich so schlecht geworden war. Das kann ich jetzt erst so im Nachhinein beurteilen. Sicher war der ständige Lärm in meiner Klasse mit schuld daran, das hätte ich mich damals aber sowieso nie zu sagen getraut. Die falsche Freundin, die mich in der Schule ablenkte, war auch nicht ganz unschuldig daran und natürlich nicht zuletzt einige Lehrer, die mich so unter Druck setzten, dass ich Angst vor ihnen hatte.

Ausschnitt aus meinem Tagebuch

9.5.1996

... zur Zeit gehen mir voll die Haare aus. Die Frau Dr. F. hat gemeint, dass das von der Erhaltungstherapie kommen könnte, und sagte, ich sollte mal zum Hautarzt gehen. Ich habe jetzt schon sehr dünne Haare und will sie kein drittes Mal verlieren. Vielleicht wachsen sie dann nicht mehr nach. Ich habe verdammt noch mal Angst. Warum muss so etwas immer mir passieren und warum bin ich dauernd krank? Warum geht es mir so schlecht und warum bin ich in der Schule so schlecht geworden? Was habe ich Böses getan? Bitte, lieber Gott, wenn es Dich gibt, hilf mir! Hilf mir an Dich zu glauben, Gott, und wieder aufzustehen! ...

Wenn es mir schlecht ging, habe ich mir immer alles von der Seele geschrieben. Wenn ich schon mit niemandem darüber sprechen konnte, musste ich meinen Kummer wenigstens dem Papier anvertrauen. Ich saß oft stundenlang vor meinem Tagebuch und schrieb alles auf, was mir wichtig schien. Fast alle Tagebucheinträge begannen in diesen Monaten mit: »Mir geht es zur Zeit nicht so gut ...« Ich habe auch schöne Dinge in mein Tagebuch geschrieben und in diesem Jahr erlebte ich sogar glückliche Stunden, selbst wenn sie deutlich in der Minderheit waren. Meistens habe ich mir aber meinen Kummer von der Seele geschrieben.

Sinas Tod

Wir kamen gerade aus dem Urlaub in Spanien zurück, als dieser schreckliche Telefonanruf kam. Meine Mutter hatte den Hörer abgenommen und ich saß auf der Treppe im Flur und lauschte ihrem Gespräch. Nach dem, was meine Mutter sagte, konnte ich erschließen, dass sie sich mit einer Mutter unterhielt, die wir von der Klinik kannten. Ich konnte aus dem Telefonat entnehmen, dass irgendjemand gestorben war, und hatte sofort ein ungutes Gefühl. Meine Mutter klang sehr bestürzt und an ihrer Stimme konnte ich hören, dass es jemand sein musste, den wir gut kannten. Langsam kroch Angst in mir hoch. Nachdem meine Mutter das Telefongespräch beendet hatte, warf ich ihr einen fragenden Blick zu. Sie räusperte sich und begann: »Martina ... ich muss dir etwas Schlimmes sagen ... Sina ist gestorben.« Ich konnte es nicht fassen. Nein, das musste eine Lüge sein. Ich rannte in mein Zimmer und starrte die Wand an. Sie sollte gestorben sein? Sie ist tot? Ich brach in Tränen aus und warf mich auf mein Bett. Meine Mutter kam zu mir in mein Zimmer und nahm mich in den Arm.

Ich musste mir immer wieder laut vorsagen, dass sie tot war. Ich kniff mir in den Arm, weil ich glaubte, ich wäre in einem Alptraum. Als Sina bei ihrem Rückfall auf der Station war, habe ich sie immer besucht. Sie hatte nun schon seit längerer Zeit ihre Knochenmarktransplantation hinter sich. Ich dachte, es ginge ihr gut, und wir wollten sie einmal zu Hause besuchen. Nun sollte sie tot sein?
Ich fragte Gott, warum Sina sterben musste und so viele andere Kinder von der Station. Ich machte Gott für alles verantwortlich und mir kamen große Zweifel, ob er überhaupt existierte. Ich war mir auch nicht mehr sicher, ob es ein Leben

nach dem Tod gibt, obwohl ich mir nichts sehnlichster wünschte, denn der Gedanke, nach dem Tod einfach ausgelöscht zu sein, ist grauenhaft. Ich konnte den Tod nicht begreifen. Ich brauchte Zeit um zu begreifen, um zu verstehen, dass ein Mensch, der gestorben ist, nicht mehr da ist, dass ich ihn nie wieder sehen sollte (zumindest nicht in diesem Leben).

Ich war noch nie so traurig und so schockiert über den Tod eines Menschen gewesen, obwohl ich schon sehr viele junge Menschen und Kinder gekannt habe, die an Krebs gestorben sind. Insgesamt waren es 30.
Ich glaube, ich hatte solche Angst vor dem Tod, weil ich so völlig ungewiss war, was danach kommen würde. Würde der Mensch, den wir verloren hatten, irgendwo weiterleben oder war er völlig ausgelöscht?

Als wir an ihrem 18. Geburtstag auf Sinas Beerdigung waren und ich ihren Sarg sah, konnte ich einfach nicht glauben, dass sie tot da drin lag. Ich hätte sie gern noch ein einziges Mal gesehen. Ich konnte mich nicht einmal von ihr verabschieden. Wenn ich gewusst hätte, dass alles so kommen würde, hätte ich alles Erdenkliche getan, um sie noch einmal zu treffen. Doch nun war es zu spät.
Als wir später bei der Trauerfeier im Wirtshaus saßen, begann ich plötzlich über seltsame Dinge nachzudenken. Ich überlegte mir, dass Sina nun ganz allein in ihrem Sarg lag und hier alle zusammen waren. Dabei war es doch ihre Beerdigung. Das klingt natürlich völlig unlogisch, da kein normaler Mensch bei der Trauerfeier seiner eigenen Beerdigung anwesend sein kann. Aber so hatte ich das auch gar nicht gemeint. Ich dachte vielmehr daran, dass ihre Seele sich vielleicht gerade irgendwo ganz alleine befand, denn natürlich lag in dem Sarg nur Sinas sterbliche Hülle. Ich hoffte, dass sich ihr Geist

an einem schönen Ort befand, und wer weiß, vielleicht war sie auch mitten unter uns.

Ich habe mit der Zeit eine positivere Einstellung zum Tod bekommen, denn er gehört nun mal zum Leben dazu. Und eines weiß ich sicher: Wenn es wirklich Schutzengel gibt, dann ist Sina bestimmt meiner. Sie war ein Vorbild für mich und wenn ich mich mal hängen lasse, dann ist es, als wäre sie meine innere Stimme, die mir sagt, ich soll niemals aufgeben. Ich bin sehr froh, dass ich Sina gekannt habe.

Tagebucheinträge nach Sinas Tod

10.6.96

Hi Tagebuch!

Sina ist gestern gestorben. Ich kann es noch immer nicht fassen. Es ist wie bei der kleinen Lisa. Da dachte ich auch, es ginge ihr gut, und dann war sie auf einmal tot. Warum? Gott, wenn es dich gibt, sag mir warum? Sina, wenn du mich hören kannst, dann sollst du wissen, dass ich dich nie vergessen werde. Ich hatte immer solche Angst, dass du sterben könntest, weil es dir immer so schlecht ging und die Chemo bei dir nicht so gut angesprochen hat. Jetzt bist du auf einmal tot. Ich konnte mich nicht einmal von dir verabschieden. Als die kleine Lisa und Karin starben, war ich auch sehr traurig, aber »bei dir« bin ich noch viel trauriger. Manchmal frage ich mich, warum ich noch lebe, und es macht mir Angst. Ich habe Angst, dass Martina N. oder Jochen sterben oder vielleicht sogar ich selbst. Ich

glaube, wenn ich noch einmal einen Rückfall bekommen würde, würde ich mich nicht mehr behandeln lassen und den Rest meines Lebens mit Dingen verbringen, die ich schon immer tun wollte.
Love Tina

12.6.96
Hi Tagebuch,
Mama und ich waren heute auf der Beerdigung von Sina. Ich begreife noch immer nicht, dass sie tot ist. Als ich den Sarg sah, konnte ich einfach nicht glauben, dass sie tot da drin lag. Jetzt ist sie unter der Erde, an ihrem 18. Geburtstag. Was tun andere an ihrem 18. Geburtstag?

Die Kliniklehrerin und die Klinikseelsorgerin und fünf Mütter waren auch auf der Beerdigung. Frau W. hat schon geweint, als sie gekommen ist.

Es waren auch einige Schwestern von der Station da und der Frank F. (Arzt im Praktikum). Es waren sehr viele Leute auf der Beerdigung, vor allem Schüler.
In der Kirche hätte ich schon ein paar Mal fast zu heulen angefangen. Als wir dann am Grab bei Sinas Eltern vorbeigelaufen sind um Beileid zu wünschen, hat Sinas Mutter mich umarmt und ich konnte mich nicht mehr beherrschen.
Anschließend sind wir noch zur Trauerfeier, zu Kaffee und Kuchen ins Wirtshaus gegangen. Als wir heute in der Kirche waren, wusste ich wirklich nicht, ob ich an Gott und ein Leben nach dem Tod glaube. Ich möchte es schon, nur habe ich sehr starke Zweifel. Jetzt möchte ich vor allem, dass es einen Himmel gibt und Sina da glücklich ist. Ich finde es immer so unheimlich, wenn

ich einen Sarg sehe, in dem ein Mensch liegt, der mal lebendig war. Als ich auf der Beerdigung war, dachte ich, es hätte ebenso meine Beerdigung sein können. Ich stellte mir in Gedanken vor, ob auch so viele Leute zu meiner Beerdigung kommen würden. Das klingt verrückt, aber es macht mir Angst und ich denke ständig daran, wen es wohl als Nächstes »erwischt«.
Ich glaube, ich kann mir einfach nicht vorstellen, dass Sina tot ist, weil ich es nicht wahrhaben will und weil ich noch nicht begreife, was es heißt, tot zu sein, nicht mehr da zu sein.
Als wir uns dann verabschiedeten, haben Sinas Eltern mich umarmt und ihr Vater sagte: »Martina, du bist die Liebste.« Ich glaube, sie haben sich sehr gefreut, dass wir gekommen sind. Für mich war das selbstverständlich. Ich habe Sina immer im Krankenhaus besucht und natürlich ging ich auch zu ihrer Beerdigung. Das war schließlich das Letzte, was ich noch für sie tun konnte.
Wenn ich an den Tag denke, als Sina zu mir ins Zimmer gekommen ist, und daran, was sie mir alles erzählt hat, dann kommt es mir vor, als wäre es erst gestern gewesen.
Sie war immer so fröhlich, lebenslustig und kampfbereit und sie hat immer nach vorne geschaut. Sie war so stark. Sie war zu stark um zu sterben.
Ich war noch nie so traurig über den Tod eines Menschen und ich bin dankbar, dass ich noch lebe.
Love Tina

P.S. Schließlich musste sie sich doch geschlagen geben, obgleich sie so lange und trotzig gekämpft hatte.
Sie hat uns gesagt, dass es sich lohnt, nicht aufzuge-

ben, und sei es nur, um einen goldenen Sonnenstrahl am Abend zu erleben.
(Das ist Sinas Spruch, der auch in der Todesanzeige und auf dem Trauerbild stand.)

Kurz nach Sinas Tod wurde mir klar, dass ich, falls ich irgendwann einen weiteren Rückfall bekommen würde, nicht aufgeben würde. Ich würde um mein Leben kämpfen, so wie Sina es getan hat.

Warum lebe ich noch?

Kurze Zeit nach Sinas Tod hatte ich einen furchtbaren Alptraum: Die Ärzte in der Klinik sagten mir, dass ich einen Rückfall hätte und sterben müsste und dass es keine Rettung mehr gäbe. Ich konnte das zuerst gar nicht glauben und bat die Ärzte doch noch einmal zu überprüfen, ob es sich nicht um eine Fehldiagnose handle und ob es wirklich so schlecht stände. Aber das grauenvolle Ergebnis änderte sich auch jetzt nicht und mir wurde erneut gesagt, dass ich sterben müsste. »Du musst sterben!« »Du musst sterben!«, hallte es aus allen Ecken. Ich schrie immer wieder »Nein« und versuchte verzweifelt eine Möglichkeit zu finden am Leben zu bleiben. Aber es war aussichtslos. Ich war am Boden zerstört und plötzlich bekam ich panische Angst. Immer wieder schrie ich: »Ich will nicht sterben, ich will nicht sterben!« Ich war doch noch so jung und ich wollte noch so vieles tun in meinem Leben. Es konnte doch nicht plötzlich alles vorbei sein. Ich war so verzweifelt, dass all das, was ich in meinem Leben noch vorgehabt hatte, nie stattfinden würde. Ich würde nun als Jungfrau sterben, ohne die Liebe kennen gelernt zu haben

und ich würde nie eine eigene Familie mit Kindern haben. Ich würde nie ein eigenes Haus haben, einen Beruf erlernen und ich würde vor allem nie erfahren, wie es ist, alt zu werden und glücklich in eine lange Vergangenheit zurückzuschauen.
Als ich mich nach und nach mit meinem Schicksal abgefunden hatte, überlegte ich fieberhaft, was ich in der kurzen Zeit, die mir noch verblieb, tun wollte. Ich wollte noch einmal in die Jugendgruppe und in die Schule, um mich zu verabschieden. Ich wollte noch einmal meine Freundinnen anrufen, sie noch einmal sehen. Wir überlegten uns sogar schon einen Spruch für mein Sterbebild und in Gedanken sah ich mich schon im Sarg liegen. Als ich mich schließlich von meinen Geschwistern verabschieden wollte, flogen wir in eine Art Verbindungswelt zwischen dem Diesseits und dem Jenseits. Ich umarmte meine Geschwister und sagte zu ihnen: »Hier können wir uns ja immer treffen, wenn ich tot bin.«

Diese Zwischenwelt entspricht in der Realität wohl der Welt der Erinnerungen. Denn so lange man jemanden, der gestorben ist, nicht vergisst, solange wird er weiterleben und man kann sich in Gedanken mit ihm treffen.
Irgendwann fuhr ich dann schweißgebadet und zitternd vor Angst hoch. Für einige Minuten glaubte ich, dass alles, was ich geträumt hatte, wahr sei. So nach und nach begriff ich, dass ich in meinem Bett lag, und langsam wurde mir klar, dass das alles nur ein böser Alptraum war. Noch nie im Leben war ich so froh, dass ich aufstehen und in die Schule gehen musste. Der Schreck, den der Traum ausgelöst hatte, saß mir noch den ganzen Morgen in den Gliedern und ich hatte größte Mühe wieder einen klaren Kopf zu fassen.

Einige Zeit nach diesem Alptraum starb die 20-jährige Martina N., die auch die ALL (= akute lymphatische Leukämie) gehabt hatte und in meiner Klinik war. Ich wusste nicht mehr,

was ich empfinden sollte, als ich von ihrem Tod hörte. Wollten diese dramatischen Erlebnisse denn gar kein Ende nehmen? Ich fühlte mich so unendlich leer. Ich fragte mich, warum ich noch lebte, warum ich noch das Recht dazu hatte. Trotz allem ging ich auch auf Martinas Beerdigung um mich von ihr zu verabschieden und um eine Bestätigung dafür zu erhalten, dass sie tatsächlich tot war.
Als der Priester in der Kirche den Namen »Martina« erwähnte, durchfuhr mich ein Schrecken. Für einen Moment glaubte ich, ich wäre auf meiner eigenen Beerdigung, und im Geiste sah ich mich vorn in der Kirche in einem Sarg liegen. Ich überlegte wieder – wie bei Sinas Beerdigung –, ob auch so viele Leute zu meiner Beerdigung kommen würden und ob sie sehr traurig über meinen Tod wären. Ich wünschte mir nur eines: dass mich die Menschen, wenn ich einmal sterben sollte, niemals vergessen mögen. Denn solange die Verstorbenen in der Erinnerung der Lebenden bleiben, so lange werden auch sie auf dieser Erde weiterleben.

Wir waren anschließend, wie auch bei Sinas Beerdigung, noch zur Trauerfeier ins Wirtshaus eingeladen. Es waren auch diesmal Mütter von Kindern aus der Klinik auf der Beerdigung und sogar die Mutter von Sina. Sie war mit uns im Auto zur Beerdigung gefahren. Ich bewunderte sie, wie stark sie war, dass sie schon zwei Monate nach dem Tod ihrer eigenen Tochter auf die Beerdigung einer krebskranken Leidensgenossin gehen konnte. Ich freute mich sehr, Sinas Mutter zu sehen. Nur war es so komisch, dass sie alleine da war, ohne Sina. Ich vermisste sie schrecklich.
Die Mütter sprachen während der Trauerfeier im Wirtshaus die ganze Zeit über Todesursachen, insbesondere über die von Sina und Martina. Das machte mir irgendwie Angst. Ich war wirklich froh, als wir endlich gefahren sind. Sinas Mutter hat uns bei der Rückfahrt von Sina und ihrem Tod erzählt. Sie

hat geweint und ich kam mir so erbärmlich vor, weil ich nicht wusste, was ich tun sollte. Als wir zu Hause waren, verabschiedeten wir uns von Sinas Mutter, die ihr Auto vor unserem Haus geparkt hatte. Bevor sie fuhr, sagte sie noch zu mir, dass ich das, worüber die Mütter in der Wirtschaft gesprochen hatten, nicht auf mich beziehen könnte und sie sagte, dass ich zu denen gehöre, die es geschafft haben. Es tat so gut, das von ihr zu hören. Ich wusste nun, dass ich sehr wohl ein Recht auf Leben habe.

Die Wende

Vielleicht sind manche Menschen erstaunt, wie lange es dauert, bis das Leben nach solch einer Erkrankung wieder »normal« wird. Die meisten denken wahrscheinlich, dass nach der Intensivtherapie alles sofort wieder in Ordnung ist.
Ich habe deshalb auch relativ viel über die Zeit nach der Intensivchemo geschrieben, um zu zeigen, dass nicht alles plötzlich in Ordnung ist, wenn man wieder in die »normale Welt« zurückkehrt. Es ist nicht so einfach, plötzlich wieder ein normales Leben zu führen, wenn es auch so scheint, als sei das Schlimmste vorbei und als sei das Leben im Krankenhaus tausendmal beschissener gewesen.

Ich musste mich auf einmal wieder »draußen« zurechtfinden. Ich musste schauen, wie ich selbst zurechtkam. Es wurde keine Rücksicht mehr genommen. Ich wurde einfach normal behandelt, so wie ich es mir tausende Male zuvor in der Klinik gewünscht hatte. Doch nach dieser »Schonbehandlung« während der Therapie war ich den Umgang mit den anderen Menschen nicht mehr gewohnt. Ich fühlte mich zunächst

ganz allein und alles erschien mir fremd. Es ist schwer, sich in der Gesellschaft wieder zurechtzufinden. Ich spürte erst wieder, wie hart das Leben eigentlich sein kann. Auch wenn während der Therapie das Leben »draußen« und die Freiheit das waren, was ich mir am meisten gewünscht habe – es war nicht so einfach, wie ich es mir vorgestellt hatte.
Als ich in die neunte Klasse kam, trat plötzlich eine positive Wende ein. Nachdem ich seit zirka einem halben Jahr keine Medikamente mehr nehmen musste, wurde meine gesundheitliche Lage stabiler. Ich war nicht mehr so oft krank und fehlte auch nicht mehr so oft in der Schule. Mit dieser Tatsache ergab sich alles andere.
Ich wurde wieder besser in der Schule und ich bekam wieder Anschluss in meiner Klasse. Ich fand eine neue Freundin und zum ersten Mal wurde mir wieder bewusst, wie schön das Leben sein kann.
Ich genoss die Schönheiten der Natur, die Wärme der Sonne und den Duft der Pflanzen. Ich nahm vieles bewusster wahr und mir war, als hätte mir erst jetzt wieder jemand die Augen geöffnet. Ich sah plötzlich wunderbare Dinge, die ich sonst noch nie so wahrgenommen hatte. Und mir wurde bewusst, dass das alles nicht selbstverständlich ist.

Ich habe durch meine Krankheit gelernt, dass es keineswegs selbstverständlich ist, dass wir gesund sind, dass wir unsere Arme und Beine bewegen können, dass wir sehen, hören, schmecken und fühlen können, und vor allem, dass wir frei sein können und tun und lassen, was wir wollen. Wir bemerken erst, dass all diese Dinge nicht selbstverständlich sind, wenn wir sie entbehren müssen.

Ich bin froh, dass diese Zeit voller Einschränkungen nun weit hinter mir liegt, denn sie war sicher nicht immer einfach, ich erlaube mir zu sagen, dass sie oft sogar ziemlich hart und

schwer für mich war. Aber um mein Schicksal besser ertragen zu können, hielt ich mir immer wieder vor Augen, dass es Menschen gibt, denen es schlechter geht. Wenn mir das bewusst wurde, wurde mir auch wieder klar, dass es keinen Grund gab, in einem Sumpf von Selbstmitleid zu versinken und mein Schicksal zu bejammern.
Denn trotz allem habe ich das Glück oder ist es mein Schicksal, dass ich heute sagen kann: »Ich habe es geschafft, ich lebe.« Trotzdem denke ich noch öfter an die Kinder und Jugendlichen, die ich kannte, die es nicht geschafft haben, vor allem an Sina. Mit der Zeit werden die Erinnerungen an diese Menschen zwar immer blasser, aber ganz werde ich sie wohl nie vergessen, denn ich möchte auch nicht vergessen werden, wenn ich nicht mehr auf dieser Erde wäre.

Ich möchte nun am Ende dieses Buches allen Menschen, die mich in dieser schweren Zeit unterstützt haben, danken.
Vor allem möchte ich mich bei meiner Mutter bedanken, denn sie war es, die mir die meiste Zeit schenkte und so gut wie immer für mich da war. Ich danke aber auch meiner Familie, meiner damaligen Freundin Regina und allen Schwestern und Ärzten meiner Station.

Nachwort

Was bedeutet das: Leukämie?

Jedes Jahr erkranken in der Bundesrepublik etwa 1600-1800 Kinder an einem bösartigen Tumor oder einer Leukämie. Über 70 % dieser Kinder können heute geheilt werden, die Erfolgsaussichten unterscheiden sich jedoch je nach Erkrankung sehr.

Akute Leukämien stellen mit 35 % die größte Gruppe der bösartigen Erkrankungen dar. Auch unter diesem Begriff verbergen sich mehrere Diagnosegruppen: Die meisten Kinder (70-80 %) haben eine so genannte akute lymphatische Leukämie (ALL), ausgehend von einer Untergruppe der weißen Blutkörperchen, den Lymphozyten. Nichtlymphatische Leukämien sind deutlich seltener.

Bei allen bösartigen Erkrankungen kommt es zur unkontrollierten Vermehrung von Zellen. Veränderungen in der Erbinformation oft einer einzelnen Zelle führen dazu, dass diese sich nicht ordnungsgemäß zu einer reifen Zelle des zugehörigen Organs (z. B. im Knochenmark, im Gehirn oder in der Leber) entwickelt, sondern dass sie sich immer weiter teilt. Die Tochterzellen übernehmen dabei keine vernünftige Funktion. Die Vermehrung funktionsuntüchtiger Zellen in einem Organ stört natürlich die normalen Zellen, sodass es zu Ausfällen in der Funktion der gesunden Organe kommt. Es entstehen Krankheitssymptome. Dabei haben die Tumor-

oder Leukämiezellen zusätzlich die Fähigkeit, das umgebende Gewebe nicht nur vom Platz zu drängen, sondern es auch zu durchdringen, Tochterzellen in den Kreislauf freizusetzen, die anderswo wieder weiterwachsen können und somit irgendwann den gesamten Körper überschwemmen.

Entstehung

Auch heute ist noch nicht vollständig verstanden, welche Störung eigentlich auftreten muss, damit eine Zelle in diesen Prozess gerät. Wir wissen sehr viel über einzelne Veränderungen am Erbmaterial, die in Tumorzellen gefunden werden. Ob dies immer der auslösende Faktor ist, ist noch unbekannt. In der Erbinformation ist für jede einzelne Zelle das Entwicklungsprogramm gespeichert. Bei Störungen dieses Entwicklungsprogramms ist verständlich, dass aus einer Vorläuferzelle keine funktionstüchtige Organzelle entstehen kann. Manchmal müssen mehrere Entwicklungsschritte gestört sein um aus einer derart geschädigten Zelle die Ursprungszelle eines Tumors werden zu lassen. Lassen sich im genetischen Material von Tumorzellen charakteristische Auffälligkeiten mit heutigen Techniken der Molekulargenetik aufdecken, sind sie wie ein Fingerabdruck für den Nachweis dieses Tumors oder der Leukämie.

Wir kennen einige angeborene Erkrankungen (dazu gehört z.B. auch der Mongolismus), bei denen das Auftreten von Leukämien häufiger ist als in der Normalbevölkerung. Dennoch haben wir auch bei diesen Erkrankungen noch nicht verstanden, warum es genau zur Entstehung einer Leukämie kommt. Andere mögliche Ursachen, insbesondere Umwelteinflüsse, sind für das Kindesalter wenig belegt. Letztlich können chemische Substanzen, die Störungen an den Erbinformationen hervorrufen, auch zu Leukämien führen. Dieser Prozess benötigt aber fast immer mehrere Jahre. Da die

Leukämien des Kindesalters am häufigsten im Kleinkindesalter auftreten, kommen solche Ursachen kaum infrage. Soweit bislang untersucht, sind weder Nahrungsmittel noch Zusätze in Nahrungsmitteln für die Entstehung von Leukämien und Tumoren verantwortlich. Auch gibt es keine Beweise, dass die Krankheit auf unbekannte Strahlungsquellen zurückzuführen ist. Auch menschliches Verhalten verursacht Krebserkrankungen nicht.

Symptome und Untersuchungsmöglichkeiten

Was passiert nun, wenn eine Leukämiezelle entstanden ist und sich immer weiter vermehrt? Eine Leukämiezelle ist eine gestörte Knochenmarksvorläuferzelle, d .h. die Tochterzellen der Ursprungszelle sammeln sich zunächst im Knochenmark an. Hier verdrängen sie nach und nach die normalen Knochenmarkszellen und es kommt zu Störungen der Blutbildung. Dies macht sich bemerkbar in einer Blutarmut, in Störungen der Abwehr und in Störungen der Blutgerinnung. Die Kinder sind müde und blass, sie haben leicht Fieber und Infekte und entwickeln rasch blaue Flecken. Andererseits sind das Symptome, die im Kindesalter ohnehin häufig sind. Sie weisen also nicht sofort auf eine Leukämie hin und alle anderen Ursachen (z.B. banale Grippe) sind viel häufiger. Erst die Kombination von Symptomen macht Eltern und Ärzte meist aufmerksam, dass hier etwas nicht stimmen kann. Manchmal führen aber auch erst solche Störungen zum ersten Arztbesuch, die durch das Ausschwemmen der Leukämiezellen in den Körper hervorgerufen werden: Leberschwellung, Milzschwellung, Schwellung der Lymphknoten, Ansammlung der Leukämiezellen in der Haut oder in anderen Organen.

Mit modernen Untersuchungstechniken gelingt die Diagnose einer Leukämie fast immer sehr rasch, wenn erst einmal

daran gedacht wird. Aber auch wenn das Blutbild verändert ist, beweist erst die Untersuchung von Knochenmark die richtige Diagnose.
Bei einer Knochenmarkpunktion wird mit einer kräftigen Nadel meist aus dem Beckenkamm etwas Knochenmark abgesaugt. Da dieser Eingriff schmerzhaft ist, erfolgt er fast immer in Narkose oder tiefer Beruhigung. Die Knochenmarkflüssigkeit wird dann auf einem kleinen Glasplättchen dünn ausgestrichen, gefärbt und kann unter dem Mikroskop betrachtet werden. Zusätzlich werden heute viele komplizierte Untersuchungstechniken eingesetzt um auch die vielen verschiedenen Untergruppen der Leukämie voneinander zu unterscheiden. Das ist wichtig, da die verschiedenen Untergruppen unterschiedlich zu behandeln sind. Andere Untersuchungen haben vor allem das Ziel, die Ausbreitung der Leukämie und die eventuelle Schädigung anderer Organe festzustellen.

Behandlung (Therapie)
Ziel der Behandlung muss es sein, die Leukämiezellen möglichst rasch zum Verschwinden zu bringen und dafür zu sorgen, dass auch nicht eine einzige als Ursprungszelle für das Aufflackern der Krankheit übrig bleibt.

Seit den Siebzigerjahren haben sich die Erfolgsaussichten einer Therapie ständig verbessert. Anfänglich gab es nur einzelne Medikamente für die Behandlung der Krankheit. Sobald sie aber abgesetzt wurden, trat die Erkrankung wieder auf. Erst die Kombination verschiedener Medikamente mit unterschiedlichen Wirkmechanismen erreichte, dass nach Ende der Behandlung tatsächlich ein gewisser Teil der Patienten überlebte und dass es zu keinem Rückfall kam. Weitere Untersuchungen zeigten dann, dass nicht alle Leukämien bei allen Kindern gleich sind. Jedes Kind hat irgendwie eine eigene Leukämie. Die wesentliche Frage ist: Wie gut spricht die Leukämie auf die Behandlung an?

Zunächst wurde die Erfahrung gemacht, dass Alter, Geschlecht (Junge oder Mädchen) und die Frage, wie viele Leukämiezellen gefunden wurden, einen Einfluss hatten. Es wurden »Risikofaktoren« benannt, wobei das so genannte »Risiko« bedeutet, dass die Therapie nicht erfolgreich ist, dass die Leukämie also wieder aufflackert. Je höher das Risiko für das Versagen der Therapie ist, desto intensiver muss sie sein. Die Behandlung muss also im Verlauf immer wieder angepasst werden.
Die Behandlung von Leukämieerkrankungen hat sich über Jahrzehnte hinweg verbessert. In der Bundesrepublik Deutschland arbeiten die verantwortlichen Ärzte der onkologisch-hämatologischen Kliniken eng miteinander zusammen und behandeln die Patienten nach gemeinsamen Therapieplänen. In solche »Behandlungsprotokolle« können die jeweils aktuellen Behandlungsergebnisse eingearbeitet werden.

Auch heute noch dauert die Leukämiebehandlung lange: Die Gesamtbehandlungszeit von zwei Jahren gliedert sich dabei in eine intensive Anfangsbehandlung mit dem Ziel, die Leukämie möglichst rasch zum Verschwinden zu bringen, und in eine Erhaltungstherapie, die den zuvor erreichten Behandlungserfolg sichern soll und in der auch alle nicht erkennbaren Krebszellen, die noch im Körper sind, zerstört werden sollen.
Leukämien werden heute nahezu ausschließlich mit Medikamenten behandelt. Diese krebszerstörenden Medikamente bezeichnen wir als »Zytostatika« oder »Chemotherapeutika«. Ziel der Chemotherapie ist es, die Krebszellen daran zu hindern, sich immer weiter zu teilen und zu vermehren. Die Me-

dikamente stören entweder die Vermehrung oder das Wachstum, weil sie die Zelle an der Zellteilung hemmen oder ihr die zur normalen Funktion notwendigen Stoffe entziehen.
Die Medikamente wirken aber leider nicht nur auf die Krebszellen, sondern auch auf alle anderen Zellen im Körper, die sich schnell und regelmäßig vermehren. Dazu gehören auch die normalen Zellen im Knochenmark, die Zellen der Haarwurzeln, der Schleimhäute, des gesamten Magen-Darm-Trakts und in den Geschlechtsorganen. Wenn die Funktion dieser Zellen beeinträchtigt ist, treten Nebenwirkungen auf. Die meisten sind nur vorübergehend und kurzfristig, wenige lang anhaltend oder unumkehrbar.
Besonders bedeutsam sind die Nebenwirkungen auf das Knochenmark, weil nach der Chemotherapie die Produktion von normalen Blutkörperchen vorübergehend stark beeinträchtigt sein kann. Dadurch entsteht die Gefahr von Infektionen, eine Blutarmut und das Risiko von Blutungen. Auch die zusätzliche Schädigung von Haut und Schleimhäuten begünstigt Infektionen. Da die Hauptwirkungen der Medikamente nötig sind, müssen diese Nebenwirkungen aber in Kauf genommen werden. Es gibt allerdings unterstützende Maßnahmen, die die Nebenwirkungen so gering wie möglich halten oder sie gar vermeiden sollen. Ein ganzer Katalog so genannter »Supportivmaßnahmen« sollte daher eingehalten werden. Sie sind von Klinik zu Klinik etwas unterschiedlich, haben jedoch immer das Ziel, Infektionen von Kindern fernzuhalten, das Risiko für Blutungen zu mindern, Schmerzen zu verhindern und insgesamt weiteren Schwierigkeiten vorzubeugen. Obwohl die Nebenwirkungen von Kind zu Kind sehr verschieden sind, gelten die Supportivregeln für alle Kinder. Einige Nebenwirkungen können meist gut gelindert werden, z. B. Übelkeit und Erbrechen während der Therapie. Bei manchen Kindern treten jedoch Übelkeit und Erbrechen auch in den Phasen ohne Therapie auf, oft ist dann

der Appetit sehr stark beeinträchtigt und es kann zu erheblichen Gewichtsverlusten kommen.

Eine Strahlenbehandlung ist bei Leukämiepatienten heute nur noch in wenigen Fällen notwendig. Noch vor einigen Jahren haben alle Kinder vorsichtshalber eine Hirnschädelbestrahlung erhalten, da viele Medikamente keinen ausreichenden Schutz vor Rückfällen im zentralen Nervensystem bieten konnten. Heute kann man einige dieser Medikamente sehr viel höher dosieren als früher und muss deshalb weniger auf die Strahlentherapie zurückgreifen. Die Risiken der Strahlentherapie sind vor allem ihre Langzeitschäden auf die intellektuelle Entwicklung, Wachstum und körperliche Entwicklung, aber auch das Risiko, durch Strahlung neue Tumoren hervorzurufen. So wird die Strahlentherapie des Gehirnschädels heute fast nur noch bei Kindern eingesetzt, bei denen bereits eine Mitbeteiligung des Gehirns festgestellt wurde, – oder im »Rezidiv«, d.h. bei einem Rückfall.

Rückfallerkrankung (Rezidiv)
Als »Rezidiv« wird das Wiederauftreten der Erkrankung während oder nach Abschluss der Erstbehandlung bezeichnet. Wenige Leukämiezellen haben also die erste Behandlung überlebt. Das macht die Behandlung eines Rückfalls schwierig, denn die wirkungsvollsten Medikamente wurden bereits im ersten Behandlungsanlauf eingesetzt. Folglich sind die Erfolgschancen bei einer Rezidivtherapie geringer. Die Heilungschancen im Rückfall sind jedoch umso größer, je später der Rückfall in Bezug zur Ersterkrankung auftritt.
Auch bei Rückfallerkrankungen gibt es Behandlungsempfehlungen, in denen berücksichtigt wird, wann der Rückfall auftritt, ob er im Knochenmark oder in anderen Organen auftritt und welcher Typ der Leukämie vorliegt.

Unter besonderen Umständen kann sowohl in der Erst- wie auch in der Rückfallbehandlung einer Leukämie eine Knochenmarktransplantation sinnvoll sein. Dies muss für jeden Einzelfall gut abgewogen werden, da auch die Risiken einer Knochenmarktransplantation mit bedacht werden müssen.

Psychosoziale Betreuung

Für Kinder und Eltern ändert sich mit der Diagnose und der dann folgenden Therapie einer bösartigen Erkrankung schlagartig die gesamte Lebenssituation. Nicht nur werden Themen wie Krankheit und Tod in die Familie hineingetragen, sondern es ergeben sich auch viele organisatorische Veränderungen, deren Auswirkungen bis in die Persönlichkeitsentfaltung jedes Einzelnen zu spüren sind.

Die Sorge um das kranke Kind, der Wunsch, es zu beschützen, Schmerz und Belastungen fernzuhalten, führen manchmal dazu, dass gerade Heranwachsende mit ihrem Drang nach Selbstständigkeit und Selbstbestimmtheit eingeschränkt werden. Kinder und Jugendliche erleben auch während der langen Therapiephasen ihre altersgemäßen Reifungsprozesse, die akzeptiert werden sollten, wenngleich es im Rahmen der Therapieregeln nicht immer leicht ist.

Wegen der Infektionsgefahr können die meisten Kinder zumindest während der intensiven Therapiephasen die Schule nicht besuchen, während der Erhaltungstherapiephasen gibt es Einschränkungen. Dennoch bleibt es wichtig, die Kontakte zur Schule aufrechtzuerhalten, auch das Lernen während der Therapie als Hilfe zum Gesundwerden zu verstehen und eine möglichst rasche Wiedereingliederung in die Schule anzustreben.

Kinder mit Tumorerkrankungen und Leukämie werden in den großen Krankenhäusern häufig auf eigenen Stationen betreut. Hier baut sich ein ganz eigenes Verhältnis zwischen den Mitgliedern des Behandlungsteams und den Patienten sowie deren Familien auf. Kontakte werden unabhängig vom Behandlungsverlauf oft über Jahre gehalten. Das Behandlungsteam setzt sich heute nicht mehr nur aus Ärzten und Schwestern zusammen, es umfasst auch Psychologen, Sozialarbeiter, Seelsorger, Erzieher, Lehrer, Krankengymnasten, Ergotherapeuten und viele andere mehr. Sie alle haben nicht nur das medizinische Gesundwerden der Kinder im Auge, sondern auch ihre psychische Stabilität. Hilfen für die betroffenen Familien sind dabei einbezogen.

Nicht ausgeklammert werden darf auf unseren Tumorstationen das Thema Tod. Trotz der guten Behandlungsergebnisse für die Mehrheit aller Patienten kann nicht allen Kindern geholfen werden. Ebenso wie über Diagnose und Therapie offen gesprochen werden muss, darf auch das Thema Tod nicht an den Rand gedrängt werden. Wenn keine Hoffnung auf Heilung mehr besteht, ist trotzdem eine intensive medizinische und psychosoziale Begleitung von Kind und Familie notwendig. Aus medizinischer Sicht gesehen müssen Schmerzen gelindert werden, auf die Ernährung muss geachtet werden und Komplikationen sollten abgewendet werden. Kind und Eltern sollten so, wie es für die einzelne Familie wichtig ist, auf die Situation des Abschiednehmens vorbereitet werden. Auch in dieser Phase sollten die Wünsche der Familien ganz individuell berücksichtigt werden.
Tod und Sterben werden aber auch von den anderen Patienten und ihren Familien wahrgenommen, müssen verarbeitet werden. Oft trifft der Verlust auch die befreundeten Kinder. Hier ist es besonders wichtig, auf die Unterschiede zwischen eigener Existenz und dem Weg des Sterbenden hinzuweisen, damit die überlebenden Kinder in eine angstfreie Zukunft gehen können.

Für die meisten Tumorerkrankungen und Leukämien gilt, dass Rückfalle nur innerhalb überschaubarer, wenngleich oft als lang empfundener Zeitspanne auftreten können. 70-80% aller Kinder mit lymphatischen Leukämien werden für immer gesund. Es gehört für das Behandlungsteam zu den wohl schönsten Momenten, wenn sie ihre dann erwachsenen Patienten verabschieden dürfen.

Häufig gestellte Fragen

Einige Fragen werden uns Therapeuten immer wieder gestellt. Ihre Beantwortung gehört gerade für Jugendliche zu den wichtigsten Orientierungspunkten im Verlauf der Therapie. Trotzdem lassen sich viele dieser Fragen nicht mit einem klaren Ja oder Nein beantworten. Oberstes Ziel der Therapie ist, möglichst rasch die Leukämie zu behandeln. Dabei müssen Verzögerungen durch Infektionen verhindert werden. Wo aber genau die Infektionsgefährdung gerade im Bereich von Familie, Freizeit und Sport beginnt, ist individuell sehr schwer zu entscheiden und wissenschaftlich nicht untersucht.

1. Wann gehen die Haare aus?

Durch die Chemotherapie werden die haarbildenden Zellen im Haarschaft gehemmt. Das Haar wächst oben aus dem Haarschaft heraus und fällt dann aus. Das ist also ein langsamer Vorgang, der sich oft erst nach 3-4 Wochen bemerkbar macht. Es kommt jedoch bei allen Kindern unter der Leukämiebehandlung zum Haarausfall. Der ist nicht immer vollständig, oft bleiben einzelne, flusenhafte Haare übrig. Durch die Krankenkasse wird die Anschaffung einer Perücke bezahlt. Sie sollte eher frühzeitig besorgt werden, damit der Friseur sich noch an der Farbe und der Wuchsform der bestehenden Haare orientieren kann. Andererseits ist es eine Erfahrung vieler Kliniken, dass diese Kunsthaarperücken fast

nie getragen werden. Weil der Haarausfall nur vorübergehend ist, werden Echthaarperücken aber nicht von den Kassen finanziert.
Auch andere Haare gehen aus, z. B. Augenbrauen, Wimpern, Achselbehaarung. Auch sie wachsen wieder nach.

2. Darf ich während der Therapie Tattoos anbringen, Ohrringe tragen oder zum Piercing gehen?
Eine intakte Haut ist eine gute Infektionsbarriere. Sie sollte daher nicht künstlich durchbrochen werden. Klebetattoos sind natürlich kein Problem, Ohrringe, die bereits seit Jahren getragen werden, können ebenfalls weiter getragen werden. Das Anbringen neuer Ohrringe oder Piercing an anderen Körperstellen sollte jedoch unterbleiben.

3. Müssen Haustiere verkauft werden?
Das Fell unserer Haustiere ist meist voller Keime. Insbesondere Katzen kommen als Infektionsüberträger infrage. Enger Kontakt zu Haustieren sollte daher unterbleiben. Wenn nicht anders möglich, sollten die Haustiere während der intensiven Chemotherapiephase daher »in Pflege gegeben werden«. Das bedeutet, dass sie z.B. zur Oma oder zur besten Freundin gegeben werden können um nach Therapieende zurückzukehren. Auf keinen Fall aber sollten sie verkauft oder gar getötet werden! Die Hoffnung auf die Rückkehr der Lieblinge gehört sicher zu den Zielvorstellungen unserer Patienten.

4. Darf ich noch Sport treiben?
Meist erübrigt sich diese Frage während der intensiven Therapiephasen. Die meisten Kinder fühlen sich doch etwas mitgenommen, manche haben auch mit Gewichtsabnahmen zu kämpfen. Gegen Spaziergänge oder Radfahrten ist sicher zu keiner Zeit etwas einzuwenden. Das Schwimmengehen ist

während der intensiven Therapiephasen wegen des zentralvenösen Katheters nicht möglich. Für die meisten anderen Unternehmungen fehlt die Kraft. Während der Erhaltungstherapiephase sollten die Kinder nach und nach in ihre altersgemäßen Aktivitäten zurückkehren. Dies schließt auch Skifahren, Rollerbladen oder den Schulschwimmunterricht ein. Allerdings sollte darauf geachtet werden, dass die Wasserqualität den Normen entspricht.

5. Dürfen meine Freunde und Freundinnen kommen?
Es ist von Krankenhaus zu Krankenhaus sehr unterschiedlich, wie die Besuchsregelung formuliert ist. Ältere Kinder und Jugendliche unterliegen meist keinen Einschränkungen. Sie sollten jedoch darauf achten, dass sie zum Zeitpunkt des Krankenhausbesuchs infektfrei sind. Bei jüngeren Kindern ist das Risiko der Übertragung von ansteckenden Krankheiten (z.B. Windpocken) deutlich höher. Sie sind im Klinikum deshalb oft nicht zugelassen. Zu Hause sollten Besuche nach den gleichen Regeln stattfinden. Dabei ist es sicher kräftesparender, wenn nicht Horden von Kindern zu Besuch kommen, sondern lieber einzelne nach und nach.

6. Darf ich noch ausgehen?
Diese Frage stellt sich oft älteren Jugendlichen, wenn es z.B. um Disco oder Konzerte geht. Für kleinere Kinder kann jedoch der Zoobesuch, der Faschingsball oder die Jugendgruppe wichtig sein. Auch hier gilt wieder: Im Interesse der Infektionsvermeidung muss während der intensiven Chemotherapiephase der Besuch von Gruppenveranstaltungen vermieden werden. In der Erhaltungstherapiephase ist die allmähliche Wiederaufnahme all dieser Aktivitäten wünschenswert.

7. Wann darf ich wieder in die Schule?
Während der intensiven Therapiephase ist ein Schulbesuch nicht möglich. Nach Erholung sollte er so bald wie möglich wieder aufgenommen werden.

Dr. Astrid K. Gnekow

Fachbegriffe

Anästhesist: Narkosearzt.

Bestrahlung: Therapie, bei der Krebszellen durch Strahlen abgetötet werden.

Cortison: Medikament zur Behandlung entzündlich-allergischer Prozesse.

Erhaltungstherapie: Auf die Intensivtherapie folgende Behandlungsphase. Während der Erhaltungstherapie, die im Fall der Leukämiebehandlung ca. 1–2 Jahre dauert, muss der Patient Medikamente einnehmen und regelmäßig zu einer ambulanten Kontrolle in die Klinik kommen.

Hickmankatheter (= Venenkatheter): Unter Vollnarkose wird ein Schnitt am Hals gemacht und ein Schlauch unter die Haut geschoben. Ein Ende führt direkt ins Herz, das andere kommt in der Mitte des Brustkorbes heraus und wird dort festgenäht. An dem Ausgang des Katheters werden die Infusionen angeschlossen und es kann daraus Blut entnommen werden.

Infusomaten: Apparate, durch die die Infusionen laufen und die die exakte Menge sowie die Durchlaufgeschwindigkeit der Medikamente regeln können.

Intensivtherapie: Hier: Stationäre Chemotherapie.

Knochenmark: Geleeartige Substanz in den Knochen, die die Blutzellen produziert.

Knochenmarkpunktion: Unter Vollnarkose oder örtlicher Betäubung wird mit einer Spritze Knochenmark aus dem Beckenknochen entnommen und danach auf Krebszellen unter dem Mikroskop untersucht.

Knochenmarktransplantation: Eine Knochenmarktransplantation kann bei der Leukämiebehandlung gemacht werden, wenn die Chemotherapie nicht angesprochen hat. Es gibt zwei Arten von Knochenmarktransplantationen: Die allogene, bei der der Patient Knochenmark von einer anderen Person bekommt, und die autologe, bei der dem Patienten selbst Knochenmark entnommen wird, das gereinigt wieder zurückgegeben wird. Der Patient wird zuerst am ganzen Körper bestrahlt um sicher zu gehen, dass alle Leukämiezellen vernichtet worden sind. Dann kommt er in einen keimfreien Raum, der durch eine Folie verschlossen ist. In diesem Raum bekommt er das Knochenmark in Form einer Infusion. Dann muss man abwarten, ob das Knochenmark angeht und wieder neue Blutzellen bildet.

Leukämie: Krebsform des Blutes, die im Knochenmark entsteht.

Leukämiezellen (= Blasten): Unkontrolliert wuchernde weiße Blutkörperchen, die sich ganz schnell im Knochenmark vermehren und die Nachbildung von gesunden Blutzellen verhindern.

Leukotief: Zeitraum, in dem der Patient sehr wenige Leukozyten hat. Dies ist meist nach der Chemotherapie der Fall, da die Chemotherapie die Zellen abtötet.

Leukozyten (= Leukos): Weiße Blutkörperchen, die zum Bekämpfen von Infektionen notwendig sind.

Liquor: Flüssigkeit im Lumbalsack, der das Rückenmark umgibt.

Lumbalpunktion (= Rückenmarkpunktion): Unter Betäubung wird mit einer Spritze Liquor aus dem Lumbalsack entnommen und nach Krebszellen untersucht. Danach wird ein Medikament in den Lumbalsack gespritzt um sicher alle Krebszellen im Gehirnwasser zu zerstören.

Methotrexat: In der Krebstherapie eingesetztes Medikament, das den Stoffwechsel der Tumorzellen stören soll.

Onkologie: Teilgebiet der inneren Medizin, das sich mit der Behandlung von Krebserkrankungen befasst. Auch: Krebsstation des Krankenhauses

Protokoll: Hier: Plan für die Behandlung. Für verschiedene Krebserkrankungen gibt es jeweils unterschiedliche Protokolle, die in mehrere Therapieblöcke aufgeteilt sind.

Remission: Zustand, in dem keine sichtbaren Krankheitszeichen mehr vorhanden sind.

Therapieblock (= Chemoblock): Ein Therapieblock dauert in diesem Fall 6 Tage, in denen durchgehend Chemotherapie verabreicht wird. Danach folgt über zwei Wochen oder länger eine Therapiepause.

Thioguanin: Medikament, das wie Methotrexat die Aufgabe hat, in den Stoffwechsel der Krebszellen einzugreifen.

Thrombozyten (= Thrombos): Blutblättchen, die für die Blutgerinnung verantwortlich sind.

Zytostatika: Oberbegriff für die Medikamente der Chemotherapie, die die Krebszellen zerstören. Sie werden meist in Form von Infusionen verabreicht und können zahlreiche Nebenwirkungen haben, z. B. Entzündung der Mundschleimhäute, Übelkeit, Haarausfall etc.

Irma Krauß

Rabentochter

Ab 12 Jahren, 200 Seiten

»Die Blonde« – das ist Corinnas wahre Mutter. Nicht Edith, »die Rote«, die sich von morgens bis abends um sie bemüht. Die alles diskutieren und alles richtig machen will. Und die ständig von Familie und Vertrauensbasis redet.

Edith ist Corinnas Adoptivmutter. Schon neun Jahre lang, seit sie das damals fünfjährige Mädchen aus dem Jugendheim abgeholt hat. Aber so beharrlich Edith ihre Adoptivtochter auch mit Liebe umgibt – Corinna will diese Liebe letztlich nicht. Zu lebendig sind die Erinnerungen an ihre leibliche Mutter und zu groß ist die Verzweiflung über deren plötzliches Verschwinden. Das »Warum?« hört nicht auf an ihr zu nagen. Und während es äußerlich so scheint, als habe sie sich in ihrer neuen Familie arrangiert, rebelliert Corinna innerlich. Die Geschehnisse spitzen sich dramatisch zu. Und dann gelingt es Corinna tatsächlich, ihre Mutter aufzuspüren. Es kommt zu einer Auseinandersetzung, die alles ändert.

Irma Krauß hat eine Geschichte geschrieben, die einem den Atem nimmt: In filmähnlichen Sequenzen setzt sie die Story eines Mädchens zusammen, das sich im Strudel extremer Gefühle seinen Weg sucht.

aare by sauerländer

Widar Aspeli

Schneesturm

Ab 12 Jahren, 200 Seiten

Als Elin, Trude, Jørn und Audun zu ihrem Urlaub in der Skihütte von Trudes Eltern aufbrechen, wissen sie nicht, was sie erwartet. Sie freuen sich auf fetzige Musik, tolle Hüttenabende, Skitouren und Snowboard-Sprünge. Und dann treiben sie auch noch ein cooles neues Powergetränk auf, das ein zwielichtiger Typ namens Schneider verkauft. Aber am nächsten Tag fühlt vor allem Audun sich komplett zerschlagen, ist beängstigenden Visionen und Bewusstseinsstörungen ausgesetzt. Trotzdem brechen die vier Freunde wie verabredet zu einer Skitour in die Berge auf und schlagen damit auch die bedrohliche Wettervorhersage in den Wind.

Fataler Fehler – denn in rasender Schnelle wird die ganze Bergregion von einem undurchdringlichen Schneesturm heimgesucht. Den vier Jugendlichen bleibt nichts anderes übrig als sich einzugraben, obwohl Audun immer schwächer wird und die Gegend für ihre Lawinengefahr bekannt ist. Und damit nicht genug: Beim Graben ihrer Schneehöhle stoßen die vier auf die Leiche einer Frau!

Wie sich herausstellt, ist es eine Journalistin, die einer neuen Modedroge – eben ihrem »Powergetränk« – auf der Spur war…

aare by sauerländer

Kim Fupz Aakeson

Ulla und alles

Ab 12 Jahren, 144 Seiten

Einen Film kann man lieben – und wie! Der 19-jährige Ich-Erzähler dieses Buches zum Beispiel ist völlig vernarrt in das Video »Herz ist Trumpf«, das er täglich so oft wie nur möglich sehen möchte.
Die Filmheldin Linda und ihre Geschichte bedeuten ihm mehr als alles andere. Ob das »normal« ist oder nicht, kümmert ihn wenig. Genauso gut könnte man den Psychologen für nicht normal halten, der so wild auf anderer Leute Träume ist, oder die dummen Aufpasser H und J.

Eines Tages erfährt der Held dieses Buches, dass Linda ja in Wirklichkeit von einer Schauspielerin gespielt wurde und dass die Ulla Vilstrup heißt. Linda ist Ulla und Ulla wohnt in seiner Stadt! Jetzt gibt es kein Halten mehr: Gemeinsam mit seinem Freund, dem starken Willy, bricht er aus der Klinik aus und fragt sich quer durch die Welt da draußen, bis er seiner großen Liebe begegnet.

Ein Buch, das anrührt und zum Lachen bringt. Ein Buch, das die Welt auf den Kopf stellt.

aare by sauerländer